誘雷

今中浩恵

IMANAKA HIROE

幻冬舎 MC

誘雷

1

今にも雨を連れてきそうな雲が、窓から見えている。

冬の落日は早い。

「なんか雨が降ってきそうやなあ。このまま、本降りにならへんかったらええのにね」

私が窓の方に目をやると、二人が揃って目を向けた。

会話が途切れたその隙に、帰るわ、と言おうとしたが喜美江が場を繋いだ。

「この前、会社の同僚に社内メールを送ったら、次長のところにいってしまったんだよね。それも、会議室の鍵当番を代わってっていう内容だったので焦ったわ」

喜美江の話に美智が飛びつく。

「分かる、分かる。それって、あるあるや。うちもやったことあるわ、似たようなことで。その時はけっこう大変やった」

店内は暑いくらいに暖房が効いていて、美智が冷水を頼んだ。

「こないだなんか、元彼と今彼を間違えてメール飛ばしてしもた」

程よいブラウンの髪に指を絡めて美智が話を繋ぐ。

それで、それで。いかにも興味深げに喜美江が促す。本気で聞きたいのかどうかは分からないが。

「ね、晴子も聞きたいよね、そのとんでもない飛ばしミス」

膝の上で組んだ指に力を籠めながら、私は曖昧に頷いた。どんどんと焦りが膨らんでいく。

店内の時計が五時を告げる。もう腰を上げないと保育園に行っている娘のお迎えに間に合わない。でも私に子どもがいるのを知らない二人に言う訳にもいかず、この場を立ち去る言い訳を考える。

「この空、今日も本降りになるんやろか」

美智が憂鬱そうな目でグラスを持ち上げた。

もしかの場合に傘を持ってきていたが、雨よりも時間が気にかかる。

「あの夏の日、とんでもない夕立が来なかったらワタシたち、こうしてお茶してなかったよね。縁って、どこで繋がってるか分からないものね」

そうそう。美智が相槌を打つ。

「もう直ぐ半年になるんやなぁ、あの日から。あの偶然が私たちを引き合わせたんやよね」

美智の言葉に喜美江と私は、うんうんと頷き合う。

あの日から半年。あっという間の月日の流れだった。


あの日――。車の教習を終えて駅に着くと、大雨の影響で架線事故があり電車が止まっていた。復旧の見込みが立っていないようで、構内に人が溢れ返っている。

豪雨のような雨が駅舎の屋根を打ちつける。畳んだ傘の雫が互いの足元を濡らし、体の芯が冷え出した。取りあえず下に降りようとしたが、上がってくる乗客に押されて思うように進めない。やっと一階まで来た時、同じ教習場に通う喜美江と顔を合わせた。

これまで話をしたことはなく単なる顔見知りというだけだったのが、この事態にどちらからともなく声をかけ合った。そこに私たち以上にずぶ濡れになった美智が飛び込んできた。互いの風体に笑いが出る。

髪も服も濡らしながら、ようやく見つけたコーヒーショップで名乗り合うと、揃ってまんま昭和ネームだった。美智が四十一歳、私が四十二歳、喜美江が四十三歳でいっそうの親近感が湧いた。

あの日から始まって、今日で三回目だ。これまでは一時間ほど軽くお茶しただけだったが、今日はもう三時間近く経っている。

「ねえ、なんで関西弁やないいん。前から思うてたんやけど、うちらとイントネーションが違うやん。なっ、晴子もそう思うやろ」

喜美江の顔を覗き込みながら美智が首を傾げる。その仕草が女子高生のようで、俯いて笑いを堪えた。

「ワタシ、神奈川生まれなの。中学生の時に父の仕事の都合でこっちに来たから」

ああ、それで。私も美智も納得した。

「ワタシは大手の外資系で働いてるの。デスクワークだけどけっこうハードなのよね。時間もフレックスで帰りが深夜になる日もあるから」

「へぇ、そしたら英語は達者なんやね。いいなぁ。うちはモデルの事務所に所属して、主にコンパニオンのオファーが多いねん。たまに雑誌の広告に出たりするけど」

喜美江が職種を言ったのを皮切りに、美智もちょっと自慢げに言った。

私、私は……。

「私は、近くの弁護士事務所で週に四日だけ経理をしてるねん。母が人の元で働くのも人生勉強やからって言うし。私も弁護士の先生に教えて貰うことがたくさんあるわ。母の言うことも間違いやないと思うてる」

二人が、へぇ〜、ほんまに。そうなんだ。と頷いた。


あれから半年近く、私たちは車の教習を終えたあとも、たまにランチやお茶をしようと約束した。そして互いに名前で呼び合おうと。

「今日は母の誕生日やからそろそろ帰るわ。我が家は祝い事はきちんとする取り決めになってるから、夕食の時間に遅れたら煩いねん」

「そっか。晴子はええとこのお嬢さんやもんな」

まぁ……。私は何とか思いついた嘘を、いかにも残念だという顔をしてコートを羽織った。

「うちも帰るわ。このあと今彼と待ち合わせしてるねん」

とっくに冷めてしまったコーヒーを飲み干して、美智も立ち上がる。

「ええ〜。やっと二か月ぶりに三人が揃ったから、夜ご飯を一緒にって思ってたのに。今日しかダメって晴子が言うから仕事も休んだのにな。これって、ワタシ一人が置き去りにされるってことだよね」

テーブルの上で紙ナプキンを折り畳みながら、喜美江が恨みがましい目を向けてくる。

ごめん。美智と声をハモらせながら喜美江に掌を合わせた。

店の外に出ると、今にも雨粒を落としそうな雲が空いっぱいに広がっていた。

「じゃあ行くわ」

背中を丸め小走りで信号を渡る美智の後ろ姿を見ながら、年齢は背中に出るのかもしれないと思う。四十一歳にしては随分と若く見え、服装も髪型も二十代の女性と変わらない。それがまた似合ってもいるから、さすがにモデル業をしているだけはある。足にぴったりとくっついたジーンズも美智だからこそだと思う。

金曜日の夕方は普段より電車が混み合っていて、人の波に肩を押されて乗り込んだ。

乗客の頭を擦り抜けて、車窓に私の顔が映っている。嘘偽りのない四十二歳の顔だ。

腕時計を見ると、六時を過ぎようとしていた。駅に着いたら真っ先に母に電話をして悠里のお迎えを頼まないと間に合わない。契約の時間を過ぎると延長料金がかかる。たかが五百円を惜しむあまりに、母の小言を聞くはめになる。そう思うと一気に気分が沈んだ。

案の定、玄関戸を開けると母が悠里を叱る声が聞こえた。帰りが遅れた私への苛立ちを孫にぶつけている。

居間の戸を開けると悠里が飛びついてきた。

「ママ遅〜い。なんでお迎えに来てくれへんかったん。ゆうり、ママやないと」

「ほな悠里はお友達がみんな帰ってしもうても、保育園で一人で待ってたら良かってん」

悠里が言い終わらないうちに、母の声が飛んだ。

「真っ暗な中で、ずっと待っときや、これからは」

悠里がべそをかきながら、私のコートに顔を擦りつける。

五歳児になんと大人げないと思いながら、母に悠里の面倒を見て貰っているという負い目があるから反論できない。

「はいはい。ママが悪かったわ。明日はちゃんと迎えに行くからもう泣きやみ」

コートについた鼻水を気にしながら頭を撫でると、悠里はうんうんと首を振りながらやっと泣きやんだ。

テレビがけっこうな音量でバラエティー番組を流している。父は七十半ばになっているが最近耳が遠くなったようだ。

悠里の手を引いて自室に入ると、子どもの前でと思いながらも長い溜息が出た。

私が外したマフラーを自分の首に巻きつけながら、悠里は覚え立てのスキップで私の周りを回っている。保育園でお誕生会があったのか、ハッピバスデと歌っている。

それを聞いて、今日は母の誕生日だからと言ったのを思い出した。

この四十年間、幼児の頃は省いても互いに誕生日を祝った覚えがない。小学生の時に、お誕生日会をしたいと母に言った。

「誕生会て友達を呼んだりするんやろ。こんな狭い家に来て貰うても座るとこもあらへんで。それに、うちにはそんな習慣はないからな」

家族の祝いすらまともにしないのに、こんな要求が通るはずがなかった。あれ以来、誘われても誕生会には行ったことがない。プレゼントを買うお小遣いもなかった。

この家には贅沢という言葉は存在しない。父も母も吝嗇家で、特に家を買ってからは度が過ぎるほどの節約をしていた。

私は商業高校を卒業して地元の製本会社に就職した。簿記二級を取っていたので、経理課に配属された。

やっと自分の自由にできるお金を得られると思ったが、母は食費代だと言って給料の半分を要求した。

それでも、同僚と映画に行ったり高校の友達と日帰りの小旅行に出かけたりと充分に楽しめた。

もしもあの時、コンサートに行かなければ――。そして、そこであの男と会わなければ……そう思うと、今でも胸が音を立てて軋むほどの腹立ちに苛まれる。

いつまでも後悔に縛られていたら、決して前を向けないことぐらい分かっている。それでも、もう何十年も溝の淵に張り付いた澱のようにどうしても拭い去れない。

「ゆうり、あんまりお祖母ちゃんが好きやないねん。よう怒るし文句ばっかり言うねん」

頬を膨らませた悠里が膝に擦り寄ってくる。

「そんなん、言うたらあかん。ママはお仕事があるからな。お祖母ちゃんがいなかったら悠里はご飯も食べられへんねんで」

うん、と、でも、を繰り返しながら、悠里は敷きかけた布団の上でぴょんぴょん跳ねる。

父はパン工場一筋で定年まで勤め上げ、その後は力尽きたかのようにテレビ三昧の日々を過ごしている。

同い年の母は近所のスーパーで早朝のパート勤めをしているが、二人の年金を合わせても生活はぎりぎりだ。

老後の生活が心配なのは理解できるが、あまりの質素さに息が詰まる。

「お父さん、テレビの音、もっと下げてや。ほんまにもう、よう飽きもせんとおんなじもんばっかり見てるわ」

母は傷のついたＣＤのように、日々同じ小言を繰り返す。

両親が入ったあとの終い湯に浸かりながら悠里の舌足らずの歌を聞いていると、この子を授かった喜びがほわりと浮かんでくる。

湯の中で小さな足の指が揺らいでいる。この子がいるから、この子がいてこそ……。それが私の中の真実なんだろうか。湧き上がった疑念に悠里の顔を両手で挟んだ。

悠里がばしゃばしゃと湯の面を手で叩く。顔にかかる飛沫を拭いながら、幼子の小餅のような手を握った。

「ねえママ。明日の保育園のお母さんの日、ママが来てくれるんやよね」

「ごめん。明日はお仕事を休まれへんから、お祖母ちゃんに行って貰うわ。ごめんね。ママもすごく行きたいねんけど」

風呂から上がり布団を敷いている間も悠里の、やだやだは治まらない。ごねて布団の上を転がり回る子を絵本を読み聞かせ何とか寝かしつけて隣に寝転ぶと、またもや溜息が出た。この先、何年この状態が続くのだろう。

でも私には、悠里をきちんと育て上げるという義務がある。それは、いつかは養育費さえ遅れがちな元夫を見返してやろうという夢でもある。

目を閉じると婚家で味わった悔しさが蘇り、はたと起き上がった。

いつか、いつか——。それだけが今の私の生きがいかもしれない。そのいつかの先に何が見えるのか分からない。

蛍光灯の紐が頼りなく揺れるのを見ていると、それが私と悠里の将来のように思えた。

ころりと寝返りを打つ子に布団をかけると、か細い腕が私の首に巻きついた。

2

今にも雨が振り出しそうな空を見ながら、美智は足を早めた。

こんな天気だからもしかしていないかも、と思いながらもわくわくと胸が躍る。信号の手前まで来ると、耳慣れたメロディーが聞こえてきた。足踏みをしながら青に変わるのを待ち、まだ点滅の間に交差点を走り抜ける。

♪愛おしい人の冷えた手が
　俺の頬に触れる時

ああ……、安堵の吐息が漏れる。健太、誰よりも愛おしい人が歌う。うちのために、うちのためだけに。ここにいる群衆、といっても十三、四人だが皆に大声で叫びたい。健太は、うち一人のためにここで歌ってるんやで、と。

人波を掻き分け最前列まで辿り着くと両手を伸ばしてスマホを掲げた。皆が同じ動作でスマホを向ける。動画を撮っているだけではなく推しの掟のようになっている投げ銭をするためだ。美智も投げたが額がしれている。

ここにいてる、ここやで。健太は目を伏せてギターを鳴らし声を張り上げる。たとえ目が合わなくても、きっと彼は私がここにいるのが分かっている。

広場の時計が六時を報せる。

ああ、今度は落胆の溜息だ。

でも、うちはここにいる追っかけとは違う。単なる推しやない。うちにとって健太は誰よりも愛おしい人で健太もまた……。そう思うと、店に向かう足がちょっとは軽くなる気がした。


良かった。滑り込みセーフだ。裏口の戸を開けながら時計を見ると、六時二十八分だった。ここの店は十分遅刻するごとに歩合給から千円も引かれる。とんでもないブラックだと思いながらも辞められない。どこにいってもこの業界は似たようなもんだ。

ここの利点は本番なしの店、いわゆる基盤店なので客との直接的な接触はない。その分、時給も低い。

透けはしていないものの体にぴったりくっつく超ミニのコスチュームに着替え鏡を

見て髪を頭の上でまとめ上げ、美智は自分の頬をぴしゃっと叩いた。

ここはコスプレがないだけマシだ。これで園児服なんて着せられたら堪ったもんじゃない。

薄暗い廊下を歩きカーテンを潜ると、そこは別世界だ。たった一時間や二時間の快楽を得るために、男たちは万のつく金を払う。そしてここの女の子たちは、こんな現実から逃れるために浪費する。

うちだって逃げたい。とっととこの仕事から足を洗い、あの家を出ていきたい。あの家に縛られている限り、うちはここから抜け出せへん。それでも今は健太がいる。その思いがうちの支えだ。

小雨が降り出した路上で歌っていた健太を思いながら、腰にバスタオルをかけただけの客にマッサージをする。うちは健太のためにだけ生きている。切れたギターの弦を買ったり、溜まった家賃を払ったり、たまにちょっと贅沢をして中華を食べに行ったり。

給料の半分以上は家計費になり、その半分を健太に渡して残りは化粧品と安物の洋服代と年金等々になる。それで毎月ゼロだ。

ここでは十以上も年をごまかしているけど、どんなに頑張っても二十すれすれの子には勝てない。だからそんなに稼ぎはないけれど事情が許す限り健太のために尽くしたい。そうすることがうちの生き甲斐なんだと幸せなんだと美智は思う。でも自分にはそんなせめてキャバ嬢にでもなれたら、もっと稼げるかもしれない。でも自分にはそんな器量も話術も才覚もない。まして四十一という年が邪魔をする。

今日、喜美江は本革の漆黒のジャケットを着ていた。オフホワイトのセーターはカシミヤかもしれない。タイトなスカートがぴったり合っていて、いかにも仕事ができる女って感じだ。

彼氏は同じ会社に勤める営業マンだと言う。

でも喜美江は四十三歳だ。そんな年まで結婚せずにいるのは何か訳ありなのか。

「結婚なんていう形に捕らわれない、それがワタシたちのスタイルだから」

いつだったか、そう言っていた。テレビに出てくる美貌と声の甘ったるさだけが売り物の、エセ女学者と同じセリフだ。

喜美江とはあの大雨の日に初めて言葉を交わしたが、仕事帰りに通っているのかいつもダークなスーツを着ていて、ショートカットにした髪が跳ねているのを見たことがない。

晴子は三人の中では異色だったが、どこにも敵対心がないように見えて何となく安い。

心できた。四十二歳にしては地味で、くたびれた感じがするのもその理由かもしれない。

晴子なら、うちの話を何の疑いもなく信じてくれる。

考え事をしていたら、身が入ってないとか、気持ちが込もってないとかぐちぐち言われ、三人の客にサービスをし終わると十一時を過ぎていた。

お疲れ様。事務所に挨拶をして表に出ると、雨は本降りになっていた。毛皮の振りをしているフェイクとはいえ、濡らす訳にはいかない。

走り込んだ古臭い茶店は、一人の客がいるだけで湿っぽいジャズが流れていた。

「ホット、お願いします」

声をかけるとカップを拭いていた初老の女性が手を止めて、ちらっと美智を見た。

一口飲んでびっくりした。コーヒーの味が本格的で、無愛想な店主でも我慢できそうだ。

店内の煤けた仄暗さが、父が夜も昼も働いていた型枠を作る工場に似ていて美智を暗い気分にさせた。

そんな過労が祟ってか父が急死した。あれから生活が一変した。美智が十九歳、弟は高校の一年生だった。

弟は誰に似たのか成績優秀で、そんな弟に高校を辞めろなんて言える訳がない。

その日から、祖母と母と弟の学費までが美智の肩にのしかかった。

父が抱えていた借金は機械を売った分と生命保険で何とかチャラになったが、生活費は祖母の年金があるとはいうものの美智が働かなければどうにもならない。

父親が死んで母親は若年性アルツハイマーを患い、働くどころか家事すらままならない時がある。今は八十を超えた祖母がそんな母の面倒を見ている。もし祖母が倒れたら、そう思うと心細さに震えが来る。

昼間のネットカフェでのバイトを終え家に帰れば、腰を屈めた祖母が台所に立っていて母親は、あれがない、これがないと騒いでいる。そんな現実を抱え込みながら美智は身を削って稼いでいる。

家族の期待に答えたのかどうか、弟は大学を出て大手の食品メーカーに入ったが、さっさと結婚してしまった。今や子どもが三人いて、おまけに家を買ったため住宅ローンで家計には僅かな余裕もないらしい。

美智は高校を出てから正社員の仕事には就かず短期のバイトで繋いでいたが、それでは生活は成り立たない。手っ取り早く稼ぐために今の仕事を選んだ。

何になりたいとか、これをしたいとか、そんな叶うはずもない夢はとうに捨てた。

それでも時々、朝起きて電車に乗り夕暮れにはまた電車で帰る。そんな生活がしたくなる。喜美江のように、きちっとスーツを着て英語もペラペラで。そうしたら健太に恥ずかしくない彼女になれたかもしれない。

でも、シャボンと消毒液とボディローションの匂いに包まれて給金を得る日々から抜け出す方法が見つからない。

それでも、今のうちには夢がある。いつか健太がメジャーデビューする日まで、自分が彼を支えるのだという夢。

茶店の埃を被った蛍光灯を見ていると、そんな願いが叶う日が来るのかという不安が湧いてくる。

こんなに一生けんめい頑張ってるんやから、そんなはずはあらへん。そんな時、決まって思い出すのは健太の言葉だ。

「ごめんな。俺がもっとちゃんと稼げたら、美智も楽になるのにな」

いつも健太は情けなさそうに目を伏せる。そう言ってくれる健太の気持ちがうちの救いだと美智は心の中で手を合わせる。健太はコンビニでバイトをしているが、稼ぎは微々たるものだ。

「そんなん言わんといて。うちは何もしんどいことなんかないで。健太は自分の未来だけ見てたらええ」

肩に置かれた手を握りたい衝動にかられながら、美智は健太に柔らかい笑みを見せる。

健太はうちが風俗嬢だと知らない。健太には、夕方から朝にかけてネットカフェで働いていると言ってある。

どうかバレる日が来ないようにと、祈り続けている。

「そろそろ看板なんやけど」

しわがれた店主の声に、えいっと気合いを入れて立ち上がった。

雨は小降りになっていたが一気に気温が下がったようで、白い息を吐きながら終電に間に合うよう駅に向かって走った。

3

『初詣に行かない？　一、二、三日のいつでもいいよ。何なら、三十一日の夜からワタシのマンションで年越ししてもいいけど。返事、待ってまぁす』

喜美江から、二十九日の夜遅くにメッセージが入った。

初詣なんて言われても行ける訳がない。スーパーは三が日は休みを取っているが、鮮魚の裏仕事をしている母は一日と三日は仕事だと言っていた。二日は一日しかない正月休みなのに、悠里の面倒を見て欲しいなんて言えない。

断りを入れようとしたら、美智から返信が届いた。

『三十一日はダメやけど、一、二、三日の昼間ならオッケ』

『晴子の返事、待ってるよ』

どうしよ。どう答えよ。返事を返そうと思うが言葉が浮かばない。携帯のメッセージアプリなので直ぐに返す必要はないが既読にしてしまった以上、二人は直ぐに返ってくると思っているだろう。

『日にちはともかくとして、時間帯は？』

はっきりと断るつもりだったのに、これでは行くという意志表示だ。

『うちは夕方からパーティがあるから、四時過ぎには帰らんとあかんねん』

モデルの事務所から、コンパニオンの仕事が入ったのだろう。賑やかな新年会に美智が着飾って出かける姿を想像すると、塞いだ気持ちに陥った。

私の家は、正月といえど普段と何も変わらない。掌に載るくらいの鏡餅は飾ってあるが、お節料理が食卓に並ぶ訳ではない。

父は終日テレビの守だろうし、録画したアニメのビデオを見たがる悠里を泣かす。ここに帰ってきてからの正月は毎年同じで、新しい年が明けたという浮きたった気分からはほど遠い。

そんなマイナスの気持ちを断ち切るために、誘いを受けて初詣に行こうと決めた。

『日時は晴子が決めて』

『じゃあ、二日でどう。時間は十時半。行く神社と待ち合わせ場所は喜美江に任してもええかな』

OKというスタンプが二人から届いた。

「二日はどうしても仕事に行かなあかんねん。お母さん、確か二日は休みやて言うてたよな」

夕食時にこわごわ切り出した。案の定、母は渋い顔をして私を見た。

「なんで正月に仕事があるんや。今まで、こんなことなかったやろ」

すかさず突っ込みが返ってくる。

「お母さんと一緒で、スーパーはお正月でも休みなしやから。今までは無理を言うて休ませてもろててん。せやけど、今年はどうしてもて言われて。私だけ休みを取ったら、周りの風当たりが強うなるし。あとあと仕事がやりにくうなるしな。三時ぐらいには帰らせて貰うから、それまで悠里を見て欲しいねん」

嘘をつく時は、どうしても言葉数が増える。分かっていながらも、つい言わなくてもいいことまで喋ってしまう。

「そら、そうやけど。ほんまに三時には帰るんやろな」

お参りをしてお昼ご飯を食べて、遅くても三時には帰ってこられる。

うん――。母の顔を見ないようにして頷いた。


「うわ、喜美江。めちゃカッコええやん。それって、滅多に手に入らないMブランドのコートやよね。さすが一流会社のＯＬさんや」

「そう言う美智だって、メチャお洒落してるじゃん。そのふわふわ、本物の毛皮なんでしょ」

二人に会った途端、来たことを悔いた。

母に仕事だと言ったので、通勤着で来るしかなかった。外出着も似たようなものだが白カッターにグレイのセーター、黒パンツではあまりにもみすぼらしい。食事時にコートを脱ぐ瞬間が思いやられた。

神社は思った通り混み合っていた。人ごみに押されて、やっと本殿に着いた。

神殿に向かって手を合わせ、初詣に来るのは五年ぶりだと思いながら一年の息災と悠里の健やかな成長を祈る。

悠里がまだお腹にいた時に、元夫とこの神社を訪れた。あれが三人揃って出かけた最初で最後だ。

「あと二か月もしないうちに生まれるんだから、名前を考えといてね」

人混みを離れ、こんもりとした林の切り株に私は腰を下ろした。

きらっと木漏れ日が射して、これからの日々を祝ってくれているかのようだ。子どもが生まれたらこの人も変わるだろう、そんな期待が叶いそうな空だった。

「女の子って分かってるんやろ。適当に三つほど考えたから、その中から晴子が選んだらええ」

ん？　適当って。それでも笑って頷いた。

結局、悠里が父親の顔を覚える前に別れたが、あんな男の顔を娘が知らないのが幸いだと思っている。

なんで恨みというのは場所も時も考えず、容赦なく姿を現すのだろう。

「晴子。なにボーっとしてるん。さあランチ、フルコースランチに行くで。喜美江が取って置きのお店を予約してくれたんやから」

二人に聞こえないように溜息をつくのは至難だ。

行き着いた先は、いかにも喜美江らしい洒落たイタリアンの店だった。出窓の棚には正月らしくアレンジされた花が飾られ、店内は淡いオレンジ色の光で包まれている。

コートを脱いだ途端、あれ、あら、と二人が同時に言った。その二つの声には、お正月なのに、という呆れが含まれていた。

手袋をしてこなかったから手がかじかんでいるのか、緊張からなのかナイフとフォークが音を立てる。喉元で詰まりそうなポークチャップらしきものを飲み込みながら、この二人との付き合いも今日までだと思った。

携帯は着信拒否にすればいいし、メッセージアプリはブロックをかけられる。

あの大雨の日にたまたま居合わせたに過ぎなかったのに、それからも教習場で何度か顔を合わすうちに親近感が生まれてしまった。

初めてハンドルを握った緊張感と不安が必要以上に私たちを結びつけ、年も一つずつの違いと三人とも独身だという現状も要因になった。

一回こっきりだと思ったから嘘をついた。私が育った家は先祖代々から続くそこそこの名門で、父親と母親と三人で暮らしていると。離婚したとは言ったが子連れだとは言えなかった。スーパーで事務のパート勤めをしているなんて、もちろん言ってはいない。

喜美江のどこに出しても恥ずかしくない経歴、美智の派手目だが誰が見てもセンスの良さを褒めるだろう風体。

共に人生を謳歌していて、日々を楽しんでいる。そんな二人の前で自分の惨めな環境を話せなかった。あの時に見栄でついた嘘の代償が今、来たのだ。

喜美江は器用にパスタをフォークに巻きつけ、美智は青いチーズを片手にワインを飲んでいる。笑っては食べ、食べては話す二人の様子にはどんな苦も見えない。

「どうしたん、晴子。どっか具合が悪いん。あんまり食べてへんやん」

「ごめんね。昨日から風邪気味で、出かける時は大丈夫やと思ったんやけど、ちょっと熱が出てきたみたい」

「えっそうなの。こっちこそ、ごめんね。ちっとも気がつかなかった。どうする、先に帰った方がいいんじゃない」

こんな場違いな格好の私を、二人して体良くあしらうのだと思いながら頷いた。

「ごめんね。私の分、会計を済ませてくるわ」

コートとバッグを持って席を立つと、安堵と涙が出そうなくらいの情けなさに襲われた。

「消費税を入れまして、四千八百円になります」

財布が悲鳴を上げる。レジの前でかっちりとしたスーツを着たスタッフが、わざと私を見ないようにしている気がした。

表に出て時計を見ると、まだ二時になっていなかった。このまま真っ直ぐ帰れば、母との約束より早く家に着く。そう思っているのに、足が駅とは反対方向に向かって進み出す。

かといってどこへ行くというあてもなかったが、考える気力がなかった。

ただ頭の中を、私をこんな窮地に落ち込ませているあの男の顔がぐるぐる回る。

もしも、江戸時代のように仇討ちが許されるのなら今直ぐにでも刃にかけたい。私の心を殺した罪で。悠里を父親のない子にした罪で。思い出すと顔が赤くなるくらいの憎しみが込み上げた。

気がつくと、一駅分ほど歩いていた。

あの時、私と悠里を助けてくれたケースワーカーの女性が言った。

「過ぎたことは忘れて、新しい人生を始めましょうね」

私も一時も早く忘れたいと思い、一日も早く悠里と二人で生きていきたいと願った。

取りあえずと思い帰った実家は決して居心地のいい場所ではなかった。

母は事あるごとに世間体が悪いと口にし、父は孫が可愛いのか可愛くないのか、遠目で見ているだけだった。

あの日、着の身着のままで派出所で貸して貰ったセッタを履きバッグ一つ持たず、警察車両に乗せられて帰ってきた娘と孫を両親はどんな顔で迎えるだろう。期待はなかったが、せめて悠里を抱いて欲しいと願った。

玄関戸を開け、ただいまと言ったが聞こえないらしく父も母も出てこない。居間の戸をそっと開けると、二人が向き合ってカレーを食べていた。

ただいま。その声に、二人が同時に私を見た。テーブルの上にはカレー以外は何もない。

「夕飯、食べてくるやろと思て、用意してないで」

不意に結婚するまでの、この家での暮らしを思い出した。

「これから、お世話になります」

言った途端、体の力が抜けて足元がふらついた。

「まあ帰ってきてしもたんやから、しゃあないわな。せやけど、あてにしてもろたら困るからな。さっさと仕事を見つけて、自分と子どもの口ぐらいは養うてや」

空腹は全く感じなかったが、離乳食が始まっている悠里があまり出の良くない母乳だけでは足らず、めぇめぇ泣くのが不憫で堪らなかった。

あれから五年。自分と悠里の口以上のお金を、この家に入れている。悠里と二人で、なんて遠い話だ。それでも、寝る場所があり仕事もある。

婚家での背中を丸め自分の爪先ばかり見ながら暮らした日を思えば、ここもまた安住の場なんだと思う。

「ママ、遅いなぁ」

悠里の、心細そうな声が聞こえる。

一駅多く電車に乗って、悠里の待つ家へと向かった。

4

ベッドに頭から突っ伏すと、ああ、という声が出た。

喜美江はうつ伏せになったままコートを脱ごうとしたが、柔らかいカシミア素材で体に巻きつきなかなか上手くいかない。

仕方なく起き上がり、引きはがすように脱ぎ捨てた。

「それってMブランドやよね」

美智が羨ましそうに手を触れた。当然、とした目線を向けたが一瞬どきっとした。でも気がついた様子はなかった。

Mブランドであるのは間違いないし本物だ。ただ、ワンシーズン前のアウトレット物だというだけで。

でも美智がこのコートを今の流行りだと言ったのは、意外と流行に長けていないからなのか。それとも、かまをかけたのか。

晴子は着る物には全く興味がなさそうだが、美智には気をつけなければならない。

あの子は洋服にお金をかけているように見せるのが得意だ。モデルといっても一流ならともかく、それほどの稼ぎはないかもしれないがそれをセンスの良さでカバーしている。モデル稼業なら当然だが、自分に合う物をよく知っている。顔だって化粧の上手さで年よりもずっと若く見える。

不意に姉の顔が浮かんだ。

高校生の頃から、姉はワタシよりも年が下に見えた。

思い出したくもない昔が現れて、喜美江は手元にあったクッションを鏡に向けて投げ飛ばした。それでも過去は追いかけてきて、逃げようがなかった。

喜美江より四歳年上の姉は、今も可愛さで人生を揚々と歩いている。姉がまれに見る才色兼備なら、比較され姉ばかり持てはやされても仕方がなかったかもしれない。でも勉強は喜美江の方が遙かにできて、スタイルだって顔立ちだって姉は喜美江より劣っていた。

なのに、いつだって褒められるのは姉だった。姉は自分を弱く無邪気に見せる術を充分に心得ていた。

父も母も兄も、いつだって姉の味方だった。

中学二年生の時。学校から帰ると、母が玄関に飛んできた。

「喜美江。あなた、百合子のバッグ知らない？」

バッグと言われても、姉のクローゼットには総ブランド製品が並んでいる。誕生日、クリスマス、ホワイトデー、あとはよく分からないがプレゼントされた物だ。

「ほら、お父さんが勤続三十周年で会社から頂いた、あれよ」

「どこかに置き忘れたんじゃない？　お姉ちゃんはバッグをいっぱい持ってるから、つい、なんてこともあるでしょ」

「そんなことはないわ。だってあのバッグはお父さんの記念品なんだから、大事に大事にしてたもの」

それはユニセックスのエルメスのトートバッグだった。姉のおねだりに父は相好を崩して姉に渡した。

「そんなのズルい。ワタシにも権利があるんじゃない」

「何を言ってるの。あなたはまだ中学生なんだから、早いわよ。お姉ちゃんは、もう持ってもいい年になってるから」

母は取ってつけたような言い訳をした。

姉はワタシを見ようともせず、浮き浮きとバッグを肩にかけたり、腕に通したりしている。無性にむかついて、姉の手からバッグを奪った。

「いいわよ。そんなに欲しいんだったら、喜美ちゃんにあげる。ねえ、パパ。今度の日曜日、都内のデパートに連れてって」

目はワタシを睨みつけているのに、声色だけは優しかった。

ワタシはバッグを姉に向かって放り投げ、自室に籠った。

夕食時に兄から散々叱られた。

「中二にもなって、やることが子どもだな。ちょっとは大人になれよ」

まだ子どもだから早い、と言った母は知らぬ顔をしている。

結局バッグは見つからず、ワタシは家族の疑いを背負ったまま、そして疎外感を心に焼き付けたまま大人になった。

それにしても、今日は疲れた。さすがに四時間ものウインドウショッピングはきつかった。

「ねえ、喜美江はなんで彼氏と一緒にお正月を過ごさへんの」

晴子が帰ったあと、いきなり美智が聞いてきた。

チコリが喉に引っかかり咳き込んでしまった。よほど入りどころが悪かったのか、涙が出るくらい咳が出た。

大丈夫？　美智が顔を覗き込んでくる。うん。言おうとしたが声が出ない。

「あるある。うちだって、変なとこに物が入って難儀することあるし」

美智の、この迎合型の性格に救われる。

「ごめん。何の話だったたっけ」

「え～っと。まっ、ええか。それはそうと晴子、どないしたんやろ。あの格好を見た時は引いてしもたけど、彼女らしいて気もするしな」

それはワタシも同じだと喜美江は、うんうんと首を振った。ただ美智のようにあからさまには言えなかっただけだ。

「晴子って服装も地味でぱっとしないけど、あのおっとり型の性格はけっこう好きなんだワタシは。あれって育ちの良さなのかも」

「だよね。うちは、お姉さんみたく思うことあるねん」

美智の言葉に相槌を打ちながら、晴子なら自分の嘘を絶対に見破らないから安心していられるのだろうと喜美江は思う。

もしバレたらバレたで、三人のこんな繋がりなんて切ってしまえばいい。何の利害関係も親身な心の交流もないのだから。

「ねえ、次はいつにするん。晴子の調子を見て、リベンジ会しよよ」

「そうねぇ。三月に入ると半期決算で忙しくなるから、二月の半ばでどう」

「うちも三月は歓送迎会とかでコンパニオンの仕事が増えるから、それくらいがええわ」

食後のカンノーリを食べ切りエスプレッソを飲み干して店を出た。

地下鉄の駅に着いた時にはまだ三時を過ぎたばかりで、バイバイと言って電車に乗り込んだ美智の背中を見ながら夜までの長い時間をどうしたものかと考えた。

買う予定もつもりもないまま、大型ショッピングセンターを歩き回る。デパートのブランド店には立ち寄らない。今期の物でないコートだと、見破られたくなかった。

真冬の日暮れは早い。

ビルの隙間から、ぼんやりとした月が覗いている。ワタシの存在なんてこの月のようなもんだと、自嘲気味な感情が湧いてくる。雲が広がればあっさりと隠れてしまい、きらきらと輝く夜なんて年に数回だ。

結局、美智の、なんで一緒に――、の疑問に答えずに済んだ。

大晦日とお正月を共に過ごせるのは、世間に認知されるカップルだけだ。たった一枚の紙切れで保証される関係なんて、そう思いながらも、不倫に身を削る者たちはその契約が破棄される日を心待ちにしているのかもしれない。

近所のスーパーで値引きされた弁当を買ってマンションに帰った。正社員ではない派遣組は給料も低い。

冷え切った表廊下を歩き空を見上げると、月はもう厚い雲に覆われていた。侘しい、思いもかけない言葉が口をついて出た。

この建物は、見かけは分譲っぽく見えるが賃貸のマンションだ。でもそう口に出さない限り、あの二人が来ても見破られはしないだろう。

鍵を開けると廊下以上に寒い空気が喜美江を包み込んだ。

脱ぎ捨てたコートをハンガーにかけ、浴槽に湯を満たす。

ここが我がお城だと思えた日は遠く、雑誌に載っているようなシンプルな部屋を目指したのに、いつの間にか雑多な物で溢れている。

美智は、母親と祖母との三人暮らしだと言っていた。女三人の生活で、頼りにされているのだろう。ほのぼのとした家庭が目に浮かぶ。

晴子は両親と三人暮らしだという。親子で大きな家に住み、団欒を囲む様を思い描いた。

冷めた弁当を食べながら、ペットボトルのお茶をグラスにも移さずに飲みながら、それでもワタシには夢があると喜美江は思う。

いつか、平凡に暮らす姉が羨むようなパートナーと腕を組んでブライダルアーチを潜るのだ。色とりどりの花片とライスシャワーを浴びてブーケを投げる。歓声と笑いに包まれて、カメラのフラッシュに目を細める。

姉のようにありきたりの結婚式じゃなく、デザイナーズ・ウエディングだ。

波風一つ立たない生活に姉が退屈し切っているのを、ワタシは知っている。二人の子どもの教育と家事だけの日々に、姉が満足している訳がない。ドラマチックに生きたいと、心の底で思っている。

遥か眼下に谷底が見える吊り橋を渡るような、とんでもない紆余曲折を経てワタシが不倫の恋を成就させたと知ったら、どんなに驚くだろう。そして、どんなに羨ましがるだろう。

そのためなら、どんな手段を使ってでも彼との結婚に漕ぎつけなければならない。

その時こそ、家族にワタシという存在を認めさせるのだと。

5

もう連絡は取らない。そう決めたはずだったのに、またこうして三人でお茶を飲んでいる。

『晴子。体調はどう。もう完全なら久しぶりに、お茶せえへん』

三日前、美智からメッセージが入った。

『ワタシもやっと激務が終わったから。いつでもオッケー。晴子の調子に合わせるよ』

ここで無視するのは大人げないだろう。

『心配かけて、ごめんね。もうぜんぜん大丈夫(^^)v　お茶、今週の金曜日、二時でどう』

二人から返ってきたスタンプを見ながら、私にはこの二人以外にお茶に誘ってくれる友達がいないのだと改めて思う。

「そういえば車、買った？」

喜美江がケーキに巻かれたビニールをフォークで外しながら、聞いてきた。

美智も私も、首を横に振った。

「そう言う喜美江は買うたん」

美智は、なかなかビニールが外れないようで悪戦苦闘している。

「まだ。探してはいるんだけど、なかなか見つからないのよね。ちょっと小振りで、それでもパワフルな物って意外とないのよ」

初めて話した日。互いに教習場に来た訳を言い合った。

喜美江は車はステータスの一つだと言った。颯爽と郊外を走り抜ける喜美江の姿を想像すると、格好良さは認めながらも妬みが湧いたのを覚えている。

「それで、晴子は買う予定があるの？」

私は再び首を振った。

「父親がそろそろ免許証を返上しようか、て言い出したから教習場に行ったのに、晴子の運転では寿命が縮まるなんて言うて買うてくれへんの」

「過保護やなぁ、四十二にもなる娘に。うちは女三人ではどうしても車が必要かなと思うたんやけど。まあ駅にも近いし、お祖母ちゃんも母親もまだ元気やからええかって思うて」

私は婚家から慰謝料として渡された三十万を一気に使い切る方法を考えて、免許を取ろうと思ったのだ。

「そっか。揃ってペーパードライバーなんだ。ちょっと安心。二人がばんばん運転してたら焦るなぁって思ってたから」

どんな風が吹こうがハンドルを握る日などやってこないと思いながら、私も、と応えた。

「それはそうと、ちょっと二人にお願いがあるんやけど」

言いかけたまま、美智は窓辺に置かれた観葉植物の葉を触ったりストローを噛んだりして、なかなか話を切り出さない。

「もう。じれったいって。ほら、早く言ってよ」

喜美江が美智の肘を突いた。

「あんな。高村健太って子がええんよ。声もやけど、けっこうなイケメンやねん」

「何の話？　それって新しいカレシなの」

ちゃう、ちゃう。美智はぷるぷると首を振りながら掌で顔を覆った。それでも言い含んだような目をして喜美江と私を見ている。

「何か、いつもの美智らしいない気がするわ」

日頃は人を急かすなんてことが殆どない私でも、ちょっと苛ついた。

「うん……。まだ路上なんやけど。N駅前の公園でピンで歌ってるねん。それで、それでな……。一回、見に行って貰われへんかなて思うて」

こんなに言い淀むのには何か訳がある、そう思ったのは私だけではないようだ。

「それを言うためにここまで話を引き延ばしたわけ？　その路上シンガーって、もしかして美智のカレシなの。それって自慢？」

喜美江は腕を組んで、上目遣いに美智を見た。

「そんなんやないて、ほんまに。もし、もしやで。聞いて良かったら投げ銭して貰われへんかなて思うて」

投げ銭？　喜美江と同時に声が出た。

「最近ネットで話題になってるやろ。あれのリアル版。投げ銭て携帯でお金を送れるねん」

はあぁ。分かるような分からないような。揃って首を傾げた。

「要は、聞いてお金を払えってことなんだ」

まあな。こくりと頷いた美智の目は、熱に浮かされているように見えた。

「それで、幾ら投げたらいいの」

吹き矢で射るような喜美江の言葉に、私はその矢を受けた美智の心の中を案じた。

「なんぼでもええ。気持ちでええねん」

返した美智の言葉にも棘が含まれていて、場の空気が澱む。

「取りあえず、いっぺん聴きに行こよ。今日もそこで歌ってるんやろ」

私には場を収める器量なんてないが、思い切って口を開いた。

うん、まあ。投げやりに答えながら窓の外を見た美智の横顔に、美智も私と同じように生きることに喘いでいるような気がした。

「ね、行こよ。その彼、高村くんやったっけ。どんな歌を歌ってるんか聞きたいわ」

言いながら腕時計を見ると、四時を過ぎていた。伝票を持って立ち上がる。美智と同時だった。

「晴子がそんなに言うのだったら」

渋々といった風情で喜美江も立ち上がった。

表に出ると、立春間近だというのに真冬並みの強い風が吹いていていて互いの髪を乱す。

一駅電車に乗ってN駅で降り公園に向かった。三人とも無言で、それぞれが髪を手で押さえながら歩く。

直ぐに歌声が聞こえてきた。思っていたのとは違ってハスキーボイスだ。七、八人の観客がいた。二人の男性も混じっている。

美智が言った通り、イケメンだ。声もずんと耳に響く。そんなに上背はないが、引き締まった体躯をしている。まだ二十代の半ばくらいだろうか。

一人二人と客が増えてくる。皆がスマホを掲げて歓声を上げている。

「なかなかのもんじゃない、彼」

えっ。咄嗟に喜美江を見た。彼女もいつ取り出したのか、スマホを歌い手に向けている。彼のどこにそこまで惹かれたのか理解できない。まして、瞬間で。

美智はそんな喜美江に目も向けず、ひたすら声援を送っている。彼の声は黄色い声を上げるようなものじゃないと思うが、今時はこんなものなのかもしれない。

ちょっと掠れ気味の湿った声が哀愁を誘う。

歌う健太を見ているうちに、彼の目には翳りがあると感じた。でもイケメン特有の憂いかと打ち消した。

「ごめん。そろそろ行くわ。この後、仕事が入ってるねん」

熱病から冷めたような虚ろな顔をして、美智が背を向ける。

「さっきの話。よ・ろ・し・く」

くるっと振り返り、美智は私たちにぺこっと頭を下げた。

はいはい。喜美江は彼に見入っていて、美智を見もせずに頭の横で形ばかりに手を振る。

私もそろそろ。広場の時計が五時半を告げる。

電車に乗り、さっき美智に感じた思いは何だったんだろうと考える。

美智と私が同等なはずがなかった。美智はモデルという華やかな世界に身を置き、私は今日明日を食べていくのに精いっぱいのシングルマザーだ。美智の中に貧しさが見えるなんてあり得ない。

でもあの目は飢えている。いつも私が鏡の中に見る目と同じ色をしている。いつか美智と心を開いてと思っても、そんな日が来るなんて思えない。私が嘘をつき続けている限り、三人の関係は持続するだろうが、淡雪のようにあっという間に消えてしまう不確かな繋がりでもあるのだ。

駅前に止めた自転車に飛び乗り保育園へと急ぐ。これが私の現状だ。プラスもマイナスもない、額面通りの私の日常だ。美智の言うリアルだ。

保育園の門の前に、園児たちの母親が集まって立ち話をしていた。その横を擦り抜け園内のホールに入ると悠里が飛びついてくる。

「ママ。ママ、あのね。今日、お絵描きでママの顔を描いてん」

私とは似ても似つかない顔が画用紙いっぱいに書かれている。悠里は得意げに、ほらほらと私に詰め寄る。

「ママ。早う自転車に乗せて。もうみんな帰ってるよ」

保育士に頭を下げ、ペダルに足を乗せた。

悠里は自転車の補助椅子に座り、習ったばかりの歌なのか何度も同じフレーズを繰り返す。

風が頬を刺す。

結婚して二年目にこの子が宿った時、そして生まれた時、産声を聞いた時の感動とその後の屈辱が同時に込み上げた。

「城山家は第一子が女の子と決まってるみたい。でも、必ず男の子が生まれてるから次に期待するわ」

まだ六十歳になるかならないかの姑が言った。いつの時代の話やねん。心の奥で反論しながら、すみません、そう言うしかなかった。姑は夫の上に二人の娘がいるのだ。

「まあまあ、今はええやないか」

舅が窘めたが、出産直後に二人目三人目の話をするなんて常識を外れている。ましてや姑の職業は弁護士だ。

生まれたばかりの子に授乳しながら、この子は望まれて生まれたんじゃないのかという疑念が湧いた。

あの日から苦悶の日が始まった。私の学歴や家庭事情を姑はおりにつけ話題に上げた。

「子どもの知能って母親に似るっていうけど、それでは悠里が可哀そうよね」

では夫の、あの学歴はあなたから譲り受けたんですか。言いたくなる。夫はお世辞にも高学歴とは言えない。姑に言わせると受験の前日にインフルエンザにかかったそうだ。そのために全力を出せなかった。そんな弁護の言葉を聞かされながら、この母親は事あるごとに息子を庇い守ってきたのだろうと思う。それが息子への究極の愛情だと信じて。

二人の姉は一人は医者、もう一人は母親と同じ司法の職に就いている。

夫は舅が経営する建築事務所の事務方だ。父親はそれなりに厳しく育てようとしたのかもしれないが、女三人の息子への弟への偏愛に勝てなかったのだろう、外の釜の飯を食べさせはしなかった。

そんな恵まれた家庭に育った夫が何故、家族の反対を押し切って七歳も年上の私を選んだのか。

夫は超のつくマザコンで、姉二人にも甘え切っていた。ぬくぬくと暖かい毛布にくるまれているような暮らしだけでは飽き足らず、私という無条件で降伏する存在を求めたのだ。甘えさせてくれ絶対に反論しない相手を増やしたかっただけなのだ。

そして、それだけではないと気づいた時に妊娠が分かった。

「ママ。悠里、ママみたいにスマホが欲しい」

悠里の声に我に返った。ほうら始まった。五歳児は欲しい欲しい病にかかる年なのかもしれない。

「スマホって。そんなん子どもが持つものやないわ。悠里がもっと大きくなったら買ったげる」

「大きくっていつなん。年長さんになったら買うてくれるの」

ほんとに今の子は――。生まれた時からパソコンや携帯がある子らをZ世代というらしいが、我が家にもITの風が吹いてきたようだ。

ねえ、ねえってば。私の背中を叩きながら補助椅子を揺らしている。

「ええ加減にしなさい。そんなことしてたら椅子から落ちるよ。怪我したら病院へ行かなあかんようになるで」

「だってぇ、ママが悠里のお願いを聞いてくれへんから。悠里、スマホが欲しいって言うてるのに」

背中を叩くのを止めたかと思うと、今度は足をばたつかせる。

「それぐらいにしときなさい。ほんまに怒るよ」

足が止まった途端、泣き出した。

もう、と、ああ、が重なってこっちが泣きたくなる。

子どもは五歳までに一生分の親孝行をするというが、あながち間違いではなさそうだ。可愛くないなんて思わないが、どう扱えばいいのか途方に暮れてしまう。

私には、子育てをするための指針がない。

家に帰り着いても悠里は泣きやまず、食卓についてもぐずぐずと鼻を啜り続けた。

「もう、煩いな。鬱陶しいて堪らへんわ」

母はそれが約束ごとであるかのように顔をしかめ、音を立てて湯飲みを置いた。

私かって、泣かしとうて泣かしてるんやないわ。そのお母さんの顔の方が、よっぽど鬱陶しい。そう口に出せたらどんなに胸のつかえが下りるだろう。言えないまま流し台に立ち蛇口を捻ると水飛沫が顔に飛んできた。

ここから抜け出す方法なんてどこにもない。救いを求める手で力任せに鍋をこすった。

6

明かり取りの小さな窓から、ネオンが射し込んでくる。

美智は見るともなしに、ぼんやりと座って色の数を数えた。

「瑠華ちゃん、お客さん、入りまぁす」

扉の外からかかったマネージャーの声と一緒に、常連の進くんが入ってきた。

進くんと言っても、年の頃なら五十歳半ばくらいのおっさんだ。

「瑠華ちゃぁん。おまたせ、されました」

ボクは瑠華ちゃんがおらへんかったら、夜も昼も明かへん。それが進くんの口癖だ。人は悪くないのだが、とにかくしつこい。一時間二時間の延長は当たり前で、ラストまでいるのも珍しくはない。

以前に店の裏口で待ち伏せしていたことがあって、店長から次に同じ行為をしたら出入り禁止にすると言い渡された。根は大人しい男なので暴れたりなんてせずに、すごすごと帰って行った。

「ボクは瑠華ちゃんに会うためだけに、生きてるんやで。できるんやったら一日中、独占してたいわ」

　ここでは店外で客と会うのを禁じている。それをどれだけの者が守っているか分からないが、美智は一度として応じたことはなかった。

　いつか来るかもしれない日のために、清廉潔白でいたい。

「なっ、なんぼ積んだらデートしてくれるん。言うてくれたら、用意するよって」

「進くん、そんな簡単に言うたらあかんで。もし、うちが百万とか言うたらどうするん」

　仰向けに寝た進くんの胸が上下する。

「瑠華ちゃんは、そんな無茶は言わへん。瑠華ちゃんは、優しい子やよって」

　はいはい。指先に力を込めると、電流が走ったように進くんの体がぴくんとうねった。

　ボクな……。暖めたタオルで身体中を拭くと、一連の作業が終わる。締めはでき得る限り優しく丁寧に……、店長の言いつけだ。

「働かなここへは来られへんから、しゃあないから仕事に行ってるけど、ここんとこ辛うてな。人間関係がなかなかあんじょういかへん」

「そうなんや。なんぼ仕事がキツうても、気ぃ使わんでええんやったら我慢できるよな。しんどかったらいつでもうちに言うて」

「ほんまそうや。瑠華ちゃんに言うたら、ちょっとは楽になったわ。ありがとうな」

進くんが、どんな仕事をしているのか知らない。でも、どう贔屓目に見ても、白ワイシャツのサラリーマンではないだろう。ぷっくりと出たお腹といい薄くなりかけた頭といい、イケてないを絵に描いたようだ。とても、ワイシャツの袖をまくり上げバリバリ仕事をしているようには見えない。

何の仕事なん。聞きたかったけど、ここでは個人情報云々で素性は聞けない。

「瑠華ちゃんはこの仕事をしてて、しんどいて思うたことないんか」

しんどいことは、手と足の指を使ってもぜんぜん足りない。嫌なことを入れたら、髪の毛一本一本ぜんぶでどうにかギリかもしれない。

「別にないで。もしあったとしても、うちはここしか働くとこがあらへんし。でも、こうして進くんも来てくれるしな」

「嬉しいこと言うてくれるなぁ。せやから瑠華ちゃんが大好きやねん」

進くんはうちを指名をしてくれる数少ない客だ。美智は精いっぱい、言葉にだけ心を込めてにっこり笑った。

最後の客を見送り外に出ると厚い雲が夜空を覆い、春先とは思えない冷気に包まれた。

美智は迷ったあげく、雨の日に行った茶店に入った。

相変わらず愛想のない女店主がカップを拭いていて客はおらず、あの夜と同じジャズが流れていた。

コーヒーを頼みスマホを開くと、健太からメッセージが入っていた。

『明日の昼間、話があるんだけど会えないかな』

健太はいつも標準語だ。あれだけのイケメンがばりばりの関西弁というのもだけど、どことなくよそよそしく感じてしまう。

『昼間だったら大丈夫。いつものカフェで三時半でどう』

即答でオッケーが来た。

柱時計が十二時を報せる。あと三十分ほどで終電だ。

立ち上がろうとしたが、健太の話というのが気になってなかなか腰が上がらない。

健太と出会って止めていた煙草が無性に吸いたくなった。バッグの中にあるはずがない煙草を探している自分に笑いが出た。

うちは健太の前では、ええかっこばっかしや。もし健太が、うちが風俗嬢だと知ったら離れていってしまうやろか。軽蔑するやろか。母親がアルツハイマーだと分かったら、健太じゃなくてもそんな重荷を背負いたくはないだろう。

ろくな学歴もないし、家族を養うのが精いっぱいで何の余裕もない。健太がメジャーになっても、とても公の場になんて出られない。

この店の雰囲気なんだろうか。ここに座るとマイナスの空気に取り囲まれていくようだ。

うちだって――。うちにかって……。ちゃんと夢があった。

何とか入った高校は二流と三流の真ん中くらいだったが、勉学よりもうちにはしたいことが山ほどあった。

美容師、メイクアップアーティスト、モデル。夢は限りなく広がっていく。

「高校を出たら、先ずは美容の専門学校へ行くねん」

友達にそう語った日を美智は思い出す。そのために学校では禁止されているバイトに精を出した。どんな仕事だって辛くはなかった。

あの夜。バイトから帰った美智を迎えた両親の顔を忘れたことがない。

「お父さんの工場の機械が壊れてん。新しいのを買うのに、大変な借金をせなあかん」

父は溶接焼けした顔を美智に向けようとはせず、すまん、と言った。

その歪んだ顔を見て、美智は両親が言おうとしているすべてを悟った。

「敦は成績がええから、大学に行きたがってるしな。それは美智も知ってるやろ。なっ、頼むわ、美智。頼むわ」

「そんな何遍も言わんでもええ。分かってる。うちに高校を出たら働けていうことやな」

「ごめんな。あんたもしたいことがあるのは分かってるんやけど。ほんま、ごめんな」

両親は揃って頭を下げた。

「あっちゃんのためやねんから、しゃあないやろ」

両親は弟を、我が家の希望の星だと言ってきた。美智自身にとっても敦は自慢の弟なのだ。

「すまんな、美智。この通りや」

二人から両手を合わされて、あとに退けなくなった。

その芯から安堵した顔を見て落胆が込み上げる。どうにも押さえ切れない悔しさが、両親だけではなく弟にまで広がっていく。

口では、ええよ、と言いながら心の中をどす黒い雲が覆っていく。うちの人生、うちの夢を道ばたの石ころのように蹴り飛ばした現実を恨んだ。

その日から二か月も経たないうちに父が死んだ。

「お父さん、お父さん」

工場で倒れているのを見つけ何度も呼びかけたが、父は目を開けなかった。

万歳をするように広げた指先の向こうに、父の思いがあるような気がした。父が抱いていた弟への期待。祖母と母を頼むという願い。

父が託したこの家の将来を、美智は背負わざるを得なかった。

その期待の星は今や育った家の窮地に目を向けている暇もなく戸建てと妻子のために日々を費やし、母の介護という苦難を知らない。

もしも父が今も健在なら、もしも母が発病しなかったら……。うちの人生はどうなっていたやろ。違う生き方を見つけられたやろか。もしもを幾つ積み重ねても、この日々は何も変わらない。

時計を見ながら飲み干したコーヒーは、冷め切った苦みだけが残っていた。

7

それにしても、こんなに驚いたことはなかった気がする。

まさか――、喜美江は何度もそう呟いた。

ベッドに寝転び天井を見ていると、今日の興奮が蘇って頬を掌で叩いた。

あの声、あの姿形、あの目。これまで封印してきた記憶が一気に押し寄せてくる。

美智と晴子が帰ったあと、誰の目も憚らず健太に見入った。哀愁を帯びた湿った声が、遠く過ぎた日を思い起こさせる。

似ている――。あまりにも似ていた。


「喜美江と治郎、もしかしてこれ?」

小指と親指を絡めて、クラスメイトが聞いてくる。普段は殆ど無視状態のクラスメイトが目に意地の悪さを含ませる。

「そんなんじゃないって。ただワタシも彼も絵が好きだから、気が合うだけだって」

顔の前で掌を振りながら、喜美江は頬が緩むのを止められなかった。

「ふぅん。だったらいいけど。治郎を独り占めしたら承知しないから」

うん……。「しょうちしない」の、しょうちの訳が分からず喜美江は俯くしかなかった。

治郎はスポーツも成績も中ぐらいだったが、顔立ちは整っていて今でいう超イケメンだ。そこに笑いの神様がついている。クラスの人気者で、彼の周りにはいつも春真っ直中のような風が吹いていた。

「絵、上手いね。この前、役所に行ったら橋口さんの絵が飾ってあったから、びっくりした」

背中からかかった声に振り向くと、にこやかに笑う彼がいた。

「校区の絵画大会で賞を貰ったから。たまたまだって」

「僕も絵は好きだけど、漫画なのか絵なのか区別できないよ」

「そんなこと……、ないって」

褒められた嬉しさに頬が赤くなった。

その絵は、教室から見た放課後の運動場の景色を描いたものだった。

「できたら、その中にボールを蹴る僕の姿を入れて欲しかった、なんてね。二年生になったのになかなかレギュラーを取れないから、せめて絵の中で活躍したいなぁって」

「じゃあ今度。でも、上手く描けるかどうか分からないけど」

気持ちが弾み、スキップをしているような浮き浮きとした日々が始まった。

一学期の終業式の日。帰りがけに彼からメモ用紙を渡された。

〝八月八日。築木神社のお祭りに行こう
六時に鳥居の所で待ってる〟

家に帰り着くまで喜美江は、その紙切れを入れた制服のポケットから手を出せなかった。

初めて二人で出かけたお祭りは、けっこうな人出で彼を見失わないよう必死で背中を追いかけた。

周りにクラスメートがいないようにと願いながら。

「金魚すくいって得意？　ヨーヨーは？」

いきなり聞かれて戸惑った。

「どっちも……。どっちもしたことがないから」

一瞬、彼はえっという目をした。

「それだったら教えてあげるよ。先ずは金魚すくいからしよ」

彼に言われた通り紙の上に水を乗せないように頑張ったが、あっという間に薄い紙は大きな穴を開けた。三度、挑戦したが金魚は破れた紙の間をするりと擦り抜ける。

「また来年のお祭りで、やってみよな」

彼から貰った二匹の金魚は、小さなビニール袋の中でぴちゃぴちゃと跳ねていた。

ヨーヨーは初めてでもコツを覚えれば、何とか釣れた。一瞬だけ触れた彼の指先。

裸電球の熱とアセチレンの匂いと真夏の夜の暑さに、微熱に浮かされたように顔が火照った。

帰りがけに彼はヨーヨーを突きながら、新学期が楽しみだ、と言った。ぽしゃぽしゃという音を聞きながら、ワタシもヨーヨーを突きながら、うん、と応えた。

三叉路で曲がった彼の背中が見えなくなっても、その場に立っていた。

綺麗な半月が、ぽっかりと浮かんでいた。

玄関に入った途端、姉が居間から飛び出してきた。

「大変、大変。お父さんね。大阪に転勤が決まったんだって」

姉のあまりの勢いに、喜美江は一歩後ずさった。

「それでね。喜美ちゃんはお父さんとお母さんと三人で大阪行くことになったの」

姉に背中を押されて居間に入った。

「三人でって——。じゃあ、お兄ちゃんとお姉ちゃんはどうするの」

「ここで、二人で暮らすの。私は高校もあと一年半だけだし、今さら学校を変わるのもね」

直ぐには事態が飲み込めない。

「ほら、ぼうっとしてないで座りなさい。明日から忙しくなるわよ、転校の手続きもあるからね。喜美江はお父さんと一足先に向こうに行ってね。先ずは自分の部屋を片づけて引っ越しの準備をしないと」

引っ越し——。思った途端、ビニール袋が手から滑り落ちた。床に零れた水の中で二匹の金魚が跳ね回る。

「そんなの、持っていけないよ。家の前の川に捨ててきたら」

姉が意地悪な視線を向ける。今日、出がけに姉はお気に入りのワンピースを着たワタシに何度も、誰と行くのと聞いてきた。

「お母さん。この家は私とお兄ちゃんで片づけるから、お母さんはお父さんと一緒に行っていいよ。でないと喜美ちゃん、お父さんと二人では心細いでしょ」

一週間もしないうちに、父と母に引きずられるようにして大阪に越した。

大阪へと向かう新幹線の中で、喜美江はもう二度と絵筆を持たないと決めた。

姉はまんまと自由を手に入れ、喜美江は父と母の監視の下に置かれた。

大阪に来てから父は頓に忙しくなり、母はその苛立ちを喜美江にぶつけた。引っ越しの荷物もなかなか片づかず、それが喜美江のせいであるかのように喜美江を詰った。

母もまた大阪という風土に溶け込めなかったのだろうと、今になれば分かる。互いに地に馴染めない寂しさを抱きながらも、母と喜美江は寄り合えないまま鬱々と日々を暮らした。

もしも逆なら、関西から関東に越したのであれば大阪ネタで輪の中に入り込んでいけたかもしれない。

「毎日、家に籠もってないで何かのサークルにでも入ったらどうだ。喜美江は学校に行くからいいけど。どうだ、喜美江はもう学校に慣れたのかな」

その学校に行くのがどんなに苦痛かを父は知らない。口先だけで母と喜美江を案じている父に嫌悪感を覚えた。

「そうね。コミュニティーセンターも近いし、それもいいかもしれないわね」

母もまた口先だけで応じていた。

学校に行くのが憂鬱になればなるほど、あの夏の夜が恋しく飛んで帰りたい衝動に駆られた。

もしもあの時、勇気を出して彼に電話をかけていたら……。手紙を出していたら……。

体の周りを取り囲む関西弁にもクラスメイトにも馴染めないまま喜美江は、もしも、を考え続けた。

もしもあの時、頑なに大阪に行くのを拒否していたら――。それでも家族の誰一人として、喜美江の心の内を察しはしなかっただろう。いとも簡単に、中学生なんだから、と跳ね飛ばされただろう。

有無を言わせない理不尽な別れは喜美江の心に家族への恨みをいっそう植えつけ、気持ちを何一つ分かろうとしない家族から喜美江は遠ざかっていった。

孤立と孤独がワタシの青春だった。そう思うたび、悔しさが喜美江に拳を握らせた。ひたすら机に向かう。せめて成績だけは姉よりもずっと上位でいたかった。高校も大学も目指した所に行けたのに、就活でこれまでにない挫折を味わった。

大学で学んだ英語を生かしてと思ったが大手ばかりを狙ったからか上手くいかず、両親はそんな喜美江を冷めた目で見ていた。横浜で兄と姉が嘲笑う様も見えるようだった。

さっさと嫁いだ姉は週末になると新幹線に乗ってやってくる。子どもを見せびらかして幸せな家庭を見せつける。

派遣という形で職は得たものの肩身の狭さが覆い被さり、両親を説き伏せて一人暮らしに漕ぎつけた。やっと家族から離れられた。そう思うと家具や調度品がアウトレットでも、食器が百均でも満足できた。

同じ孤独を味わうのなら一人きりの方がよっぽどマシだ。

たとえそこが、もっと深い闇の巣窟であったとしても。

今日、美智が路上ライブに誘わなかったら今夜も一人ぼっちの世界で没していた。缶ビールを飲みながら、いつも喜美江は自分の身のうら寂しさに襲われた。

でも今日、健太を見て中学生の彼が目の前に現れたと思い泣きたいくらいの懐かしさに陥った。

あの時に貰ったメモは今も、年ごとに買い換える手帳に挟み代えている。

千切れかけた紙片を掌にそっと乗せた。たった一つだけの、ワタシの人生の彩りだ。

明日、健太に会いに行こう、そう思うと麺が伸びかけたカップラーメンも温くなったビールも美味しいと思えた。

8

「ママ。誰か来てる」

自転車を軒下に寄せていると、玄関に入りかけていた悠里が戻ってきて私の手を掴んだ。

上がり框に揃えて置かれた靴を見た途端、来訪者の顔が浮かんだ。居間の戸を開けると、思った通りかつて姑と呼んだ人が膝を揃えて座っていた。

「悠里ちゃん、大きくなったね。あなたのお祖母ちゃんよ」

母が私に座るようにと、目で合図を送ってくる。悠里が私の背中に隠れた。

「晴子さん、お久しぶりです。お元気そうで何よりだわ」

元姑の、ちょっとトーンの高い声に彼女に抱き続けた感情が溢れそうになる。

今頃、何しに来たのか。今更、何を言いに来たのか。

母親は来訪者の気迫に圧倒されているのか、お茶を出す素振りが見えない。立ち上がろうとした私の手を元姑が掴んだ。

「お気遣いなく。お茶なら無用よ。大事な話があるから座って」

その強さに負けて、掴まれた手を振り解けなかった。

母は膝に置いた手を何度も組み返している。

「あの……、何か」

口に出した途端に、屈辱を飲み込んで過ごした日々が一気に蘇った。

「今日はね。晴子さんにたってのお願いがあって来たの。そりゃ、あなたにしてみれば不本意極まりない離婚だったでしょうけど。それはもう水に流して、ね」

水――。いったい、どんな水に流せと言うのだろう。水だからといって必ずしも澄んでいる訳ではない。ゴミを巻き込んだ水もあれば、濁流となって命を奪う水もある。

「それでね。一度、うちに来て貰えないかと思って。もちろん、悠里ちゃんも一緒に」

元姑は、ねっ、と言うように私の背中越しに覗いていた悠里に笑いかけた。自分の名前を呼ばれて驚いたのだろう、悠里は私の服をぎゅっと握った。

「パパね。悠里ちゃんのパパね、悠里ちゃんにとっても会いたがってるの。だから、ママと一緒にお祖母ちゃんのお家に来てね」

隣の部屋から、どんという音がした。

慌てて立ち上がり襖を開けると、父が壁を睨みつけていた。卓袱台に広げた新聞の上に大振りの湯飲みが転がっている。

どうしたの、父はその問いに答えようとせず険しい顔で隣の部屋に目をやった。

「いったい、どうしたの」

父は湯飲みをよけて、濡れた新聞を丸めた。

「帰って貰え。話なんか聞かんでええ」

普段の父ではない口調に、次の言葉が出てこない。

追いかけてきた悠里が私の膝に抱きついた。

「悠里。あのおばはんの言うてることは嘘や。おまえの父親はな」

「やめてや。それ以上は聞かせんといて。悠里、ばぁばのとこへ行っとき」

いややや。悠里は握り込んだ私のスカートから手を離さず首を振る。

いつの間にか隣の部屋から入ってきた元姑の、聞こえよがしの溜息が背中から聞こえた。

「もう、うちのことは構わんといてくれ。もう二度と来るな」

父の剣幕に悠里が泣き出した。

「悠里ちゃん、お祖父ちゃんが大きな声を出すから、びっくりするよね」

屈み込んで悠里の頭を撫でようとする彼女の手を阻止しようと、悠里を胸元に抱き寄せた。

「あらま。まあ、お取り込み中みたいなので今日の所は帰ります。また日を改めて伺いますが、その前にお手紙を送らせて頂きますので、お目を通して頂きますようお願い致します」

「早う帰れ。手紙なんぞ、読まんと破って捨てたるわ」

かつて、お義母さんと呼んだ人は動じることなくすらりと立ち上がった。法廷で数えきれないほどの修羅場を見てきた彼女にとって、父の暴言など髪の先を触られたくらいの感覚でしかないのだろう。

踵を上げ気味にして畳を歩く姿を見ながら、この人のように真っ直ぐに背筋を伸ばして歩いていたなら、少しはマシな生き方ができたかもしれないと思う。

ではまた。そう言って帰っていく後ろ姿を玄関先で見送り居間に戻ると、悠里が母の膝に座っていた。母はその髪を撫でている。

父といい母といい、日頃との違いに何を言えばいいのか思案する。

よく言えば傍観、悪く言えば見て見ぬ振り。何事にも一切我関せずの父の、あれほどの激怒をこれまで見た覚えがない。母にしても、ともすれば悠里を疎ましく思ってるんじゃないかと勘ぐりたくなるような態度で悠里に接していた。

「二人ともどうしたん。いつもとぜんぜん違うから」

言い終わらないうちに、父が制した。

「別に何でもあらへん。あの女の顔を見たら、腹の虫が暴れただけや」

「それにしてもあの態度、どんだけうちを馬鹿にしたら気ぃ済むんやろ。人を見下すのも大概にしてや」

母は悠里の髪を指で梳きながら、苦々しい顔で私を見た。

「手紙が来ても見やんでええ。どうせ碌なこと書いてへんやろから」

母に言われるまでもなく、私とて見たくはない。それでもその内容がどんなものなのか、気がかりは消せない。

流し台の前に立つと、母が洗っていただろう米が炊飯器の中で水に浸かっていた。

寒さで目が覚めた。悠里は布団蒸しになっているような格好で寝息を立てている。

元姑の突然の来訪から一週間経ったが、何の音沙汰もないままだ。仕事に行っても手紙を送ると言った彼女の言葉が耳から離れず、単純な入力を間違えチーフから小言を言われる始末だ。

「珍しいやん。晴子さんて何事にも慎重やから、絶対にミスなんてしないって思うてたわ」

慎重やのうて恐がりの小心者なだけ。父の豹変を見て以来、自分の不甲斐なさや根性のなさが身にしみている。

自分が守るべきものを、私は芯から分かっているのだろうか。

仕事を終え保育園に悠里を迎えに行く道すがら、飛び込んできた男に行く手を塞がれた。

慌てて急ブレーキをかけた。体が前につんのめる。男がハンドルを掴んだので辛うじて転びはしなかったが、胸が泡立つくらい驚いた。

「びっくりするやないですか」

真正面から見た男は、二十代後半か三十そこそこに見えた。

「いや、すみません。驚かすつもりはなかったんですが」

やっと男はハンドルから手を離したが、眼鏡の奥の目を何度も瞬きさせながら私を見る。あまりにも間近に顔があったので、私も男の顔を見ざるを得なかった。その顔には全く覚えがなかった。

「すみませんが、急いでるのでよけて貰えませんか」

なんで私が謝るのかと言ってから思ったが、いつもの癖が出てしまう。

「少しだけ、少しだけでも話を」

言いかけた男をハンドルを横に切って振り払い、ペダルに乗せた足に力を込めた。横へ飛び退いた男を見もせずに走る。真冬だというのに額に汗が浮く。

やっと園に辿り着いた時には、保育士さんに挨拶もできないくらい息が切れていた。

悠里が転びそうになりながら私の元に駆けてくる。

元姑が来て以来、悠里はどことはなしに不安定だった。朝は仕事に出かける私を涙目で見送り、家にいる時は片時も離れようとしない。

そこにきて先ほどの、話が――、と縋るような目を向けた男の出現だ。ざわざわと胸がざわつく。悠里を自転車の椅子にくくりつけ家へと急いだ。

「あっ、ばぁばや」

背中越しに聞こえた悠里の声に、びくっと肩が震える。目は玄関先にいる母を見ているのに、そこに元姑がいるように思えた。

家に入ると、いつもと何ら変わらぬ父がテレビを見ていた。相変わらずの大音量で、ただいまの声が聞こえないらしく振り向きもしない。

母は母で、もう遅いなぁ、と小言を言っている。

「さっき、妙な若い男があんたを訪ねてきたで。誰やの、あれは」

母が不審げな目を向けてくる。

「それで——、それで、お母さんは何て言うたん」

「仕事に行ってるて言うたで」

「それだけ？　それしか言うてへん？」

母が個人情報保護法を気にかけることは、まあないだろう。

「帰りに保育園に子どもを迎えに行く、て言うたかもしれへん」

やっぱり。溜息と怒りが同時に湧く。今更、そんなこと言うたらあかん、そう言ってみたところで、なんでや、という答えが返ってくるだけだろう。

「誰やの。あんた、あんな若い男と付き合ってるんか。えらい熱心にあんたのこと聞いてたで」

まさか——。それにしても家まで来るとは、どれほどの話があるのか。不穏な風に巻き込まれていくように、手元が落ち着かない。あっと思った時には悠里のお気に入りのご飯茶碗が足元でばらばらに飛び散った。叫びとも泣き声ともつかぬ声が響く。

「明日、新しいお茶碗を買いに行こな。悠里の大好きなうさぎちゃんの絵がついたのを買ってあげるから」

「いやや。今、買いに行く」

言うだろうと思った。いやや、と走り回る子をなだめすかしながら、五歳児の聞き分けなんてこんなものだと諦観する。

「もうお店が閉まってるから、明日絶対に買いに連れていったげるから。いつまでも泣いてると、怖～い泣きじぃが背中にくっつくよ」

怖いじぃに反応したのか、父がちらっと私を見た。思い過ごしかもしれないが、どことなくバツが悪そうな顔をしてる。

やっと悠里のいややが収まって夕飯が始まった。

父も母もかぼちゃの煮物を口に入れながら、苦いものを食べているような顔をする。

「二人とも、どうかしたん。美味しくないん」

二人が揃って首を振る。

「なら、なんでそんな顔をしてんの。何かあったの」

母が、悠里が寝てからと手振りをする。その動作に、味噌汁のワカメが喉につっかえた。

予感。そんなものが、そうそう当たるとは思えないが、多分とまさかが行き来して、悠里を寝かせる手がぞんざいになった。

泣き疲れたのか早々に眠りに落ちた我が子の肩を摩りながら、この子を守れる力が自分にあるかと考える。考えれば考えるほど、あとで、と言った母の話を聞くのが怖くなる。

多分、元姑は悠里を返せと言ってくるだろう。いや、今更それはないだろう。二つの思いが、悠里が遊ぶモグラ叩きのように現れては消え、消えては現れる。

こわごわ居間に入ると、予感した通り卓袱台の上に手紙があった。

「今日、来てん。中身は見てへんから」

父は無言で腕を組み、私の手元を見ている。

裏を返すと、母が言った通りきっちりと封がしてあった。鋏を持つ手が震え、危うく指を切りそうになった。

便箋が三枚。拝啓から始まり時候の挨拶、これまでの詫びに続き綿々と懇願が書き連ねてあった。とにかく一度お越し願いたい、その一文は五箇所に及び、電話をするので都合の良い日時を教えて欲しいと締め括ってあった。結局、何ら真相は分からぬままだ。

長々と書かれた謝罪の文字を見ていると、殺してはいけないと言われている朝蜘蛛を手にかけたいような衝動が突き上げた。

目の前で父と母が湯飲みを上げたり下げたりしながら、私を見ていた。

「とにかく、いっぺん来て欲しい、としか書いてないわ。行って話を聞くしかないやろな」

二人は揃って、がっかりしたようなほっとしたような、曖昧な顔をした。

二階に上がると、悠里が布団を蹴飛ばして寝息を立てていた。布団をかけ直し隣に寝転ぶと、眠る子を叩き起こして逃げ出したいほどの不安が押し寄せた。

こんな時に膝をつき合わせて話を聞いてくれる人がいれば。天井に広がった染みを見ながら、喜美江と美智の顔が浮かんだ。こんな時に……、そう思いながら。

9

いつものカフェに走り込むと、健太が携帯の画面を見ながら待っていた。

「ごめんね。待ったよね」

出がけに、母がまた財布がないと言い出したのだ。

「ほんと、ごめん。いつも待たせてばかりで」

ああ、とも、いや、とも区別がつかない顔で健太は美智を見た。

「実は……、なんてそんな大層なもんじゃないんやけど。サプライズがあるんだ」

「何、何。いい話なんやろ。早く聞きたい」

まあね。そう言った切り健太はストローの袋を指先でくるくる丸めている。

その顔を見ていると、サプライズと言った割には浮かない表情だ。

良いように考えればフェイント、悪く考えれば乗り気じゃない。どっちかと思いあぐねていると、ようやく話を始めた。

「デビュー、決まった。まだインディーズだけど」

「えっ、ほんま、それ。ほんまにほんま？」

うん……。健太は美智を見ないまま、目が宙を泳いでいる。

「どうしたん。何かあんまり嬉しいないみたいなんやけど」

インディーズは事務所ではなくミュージシャン自身が自費でCDを発売する、言わば半プロだ。もしかして、お金がいるん。言いかけたけど口にしなかった。言えば健太を傷つけそうな気がしたし、健太に渡せるような貯金もない。

「そんなこと、ないって。ただ、自信がないだけ。一応、他で路上をやってる誰かとユニットって話になってる。その相手がどんな音楽をやってるのか分からないし」

「大丈夫だって、健太なら。自信がないなんて言わんといて」

そうだな。伏し目になると睫の長さが際立つ。うちはこの目に惹かれた、そう思いながら大丈夫は単なる気休めじゃないと考える。誰かが言っていた。その言葉は優しさから生まれるんだと。

店内の時計を見ると、四時半になろうとしていた。出勤まで時間はあったが、健太に見られたらと思いコスチュームを家に置いてきた。

「ごめんね。そろそろ行くわ。またいつでも連絡して。健太のためやったら、うちは何でもするから」

立ち上がると健太は、ありがと、と言って小さく手を振った。その一言で充分だ。

まだ憂い顔の健太に何を言えばいいのか分からず、美智も小さく手を振った。

「お祖母ちゃんが倒れて、それで、お隣さんが来てて、それでな。救急車で病院に運ばれてん。早う、早う帰ってきて」

家に向かう道中、母から携帯に電話がかかった。

「救急車で運ばれたって——。どこの病院に行ったたん」

母はテンパっていて、えらいこっちゃ、を繰り返す。

「家に帰るより、このまま病院に行った方が早いから直接行くわ。どこの病院やの」

「お母さん、今そこにいてるねん。せやから、早う来て」

「そこて、どこやの」

聞いても母は分からないらしく、念のために聞いておいたお隣さんに電話をかけた。駅前の矢崎病院だと聞き、来た道を引き返した。矢崎病院は救急専門といってもいい病院だ。一駅向こうにある。あまりいい評判ではない。

それにしても、よう携帯が使えたもんや。一つのキーを押せば、うちに繋がるようにしてはあるけど。火事場の馬鹿力みたいなもんやろか。

電車を待つ間、たった五分ほどなのに普段の何倍にも感じた。

ガッシャンと音を立てて自動ドアが開き、薄暗い照明の下に体が二つに折れたような母の姿があった。

「お祖母ちゃん、どうなん。意識はあるん」

美智の声にびっくりしたように体を震わせ、美智を見た母の目は焦点が定まっていない。肩を揺するとやっと美智を見た。

母の手を引いて受付に走った。母は足を縺れさせながら美智に引きずられるように小走りになる。

名前を告げると、祖母がいる病棟を教えてくれた。

ナースステーションの中で、この場に不似合いな淡いピンクのナース服を着た看護師たちが動き回っていた。不謹慎にも職場が浮かぶ。

ここでも祖母の名前を言い、病室を訪ねた。

「今は絶対安静ですので、面会はできないんですよ」

ここの責任者だろうか、母ぐらいの年の看護師の言葉に絶望が込み上げる。

「容態はどうなんですか。祖母は大丈夫なんでしょうか」

看護師はちょっと気の毒そうな目をして、ドクターを呼びます、と答えた。

胸の動悸がどんどんと鳴り出し、美智は両手で顔を覆った。

お待たせしました、と言いながら美智の前に現れた医師はまだ年が若そうで、いっそう不安が膨らんでくる。

「一命は取り留めました。でもまだ意識がないです」

「お祖母ちゃん、いえ、祖母には会えないんですか」

今はまだ。医師が顔の前で掌を振るのを見ながら、美智は見えない誰かに助けを求めた。もしもお祖母ちゃんが目を覚まさなかったら。もしも寝たきりで介護が必要になったら。もしも、もしも……。

祖母は集中治療室にいるようで、そこがどこにあるのかも分からない。母は落ち着きなく椅子に座ったり立ったり、周りを歩き回ったりしている。じっとしてて。そう言ったところで効き目はないだろう。ちょっとでも大きな声を出すと叱られたと思うのか、いきなり怯え出したり暴れたりする。

母の手を握ると意外にも柔らかく、シャボンで荒れた美智の手よりも若かった。

「どこ行くん。もう家に帰りたいわ」

母はその時その時点での対処はある程度はできるものの、五分も経つと五分前に何が起こったのかを忘れてしまう。

「今直ぐどうこうという事態ではないので、帰られてもいいですよ。何かあれば連絡しますから」

ここで母を連れているのも限界がある。一旦、帰ろうと決めた。

祖母の容態も気にかかったが、どれだけの金額が必要なのか全く見当がつかない。聞こうかどうしようかと迷っていると、看護師が受付で入院の手続きをするようにと言った。

書類に名前や住所を書き込み、ついでのように料金を聞いた。

「八十歳を超えておられるので高齢者医療の扱いになりますから、高額医療の申し込みはしとかれたらと思いますよ」

それでも先ずは既定の料金を払い、その後で控除費が返ってくるという。

もう、うちでは無理や。弟に相談するしか方法はあらへん。手渡した缶コーヒーをちびちび飲む母を見ながら、五人で暮らした日々を思う。

両親も祖母も弟を大事にしてた。美智にも自慢の弟だった。今でも弟の子どもたちは可愛い。滅多に会えないが家族だと思っている。こんな時にこそ助けて欲しい。電話をかけたが仕事中なんだろう。弟は出なかった。

母を連れて外に出ると陽はすっかり暮れていて、心細さがこの濁色の空のように美智を覆う。

とにかく、お金が欲しい。お金さえあれば——。祖母を今の病院ではなく、きちんとした診療が受けられるところに転院させられる。

今、美智の頭の中はお金が欲しい。それだけで占められていた。初詣で行ったイタ飯屋の五千円ほどさえ痛い。ずっと昔、弟がよく見ていた〝錬金術〟のアニメのように何とか金銭を作る方法がないものか。

健太だって、本当はデビューするためにはお金が必要なのだろう。心の中に息が詰まりそうな空気がふくらんでいく。

こんな時、こんな時——。頭に二人の顔が浮かんだが首を振って打ち消した。

10

枕元に置いたリモコンを取り上げテレビをつけると、深夜ドラマがやっていた。今やゴールデンタイムでは殆ど見られなくなった濃厚なラヴシーンが映し出され、目を離せなくなった。見入っているうちに、これはドラマではなく随分前に公開された映画なのだと気がついた。

不倫関係にある男と女が互いに不信感を抱き始め、ラストまでそれが誤解であると分からないままに物語は終わる。

ほんの些細な擦れ違いが、心の内を開かせないが故に疑心が膨らんで二人をどうにもならない窮地に追い込んでいく。

男と女にとって互いに正直であることが唯一の解決法だと、物語は言っているのだろうか。さほどヒットした映画ではなかったから題名すら記憶に残っていないが、こんな夜更けに主人公の気持ちを映す切ないメロディーを聞いていると寂しさが込み上げる。

相手に対して正直であろうとするには信頼がなければならない。そんな当たり前のことすら、これまで考えもしていなかった。

コチコチと時計の針が進んでいく。その不快な音が耳障りで買い換えたいと思いながら、なかなか手が回らない。

金銭的に余裕がなくなると、やることなすことが裏目に出るようだ。それすら彼のせいだと思ってしまう。今や信頼どころか不信感の塊だ。

いつの間にかテレビの画面は、国外で開催されているサッカーの試合に変わっていた。この部屋でベッドに並んで寝転び、手を取り合って歓声を上げてからまだ半年も経っていない。いつから彼の気持ちが変わり出したのか思い浮かべようとするけれど、水の中で記憶の糸を手繰り寄せているようでどうにも心許ない。

ワタシたちにも、映画の中の二人のように骨身が軋むような熱い季節があったはず。確かな蜜月があったはず……。

十年あまりの年月が残したものは、疑心と裏切りなのかもしれない。

「もしかして関東出身？」

コピーを取っている背中越しに声がした。振り向くと半月ほど前に同じ部署に異動して来た彼がいた。

「そう。横浜出身。でも中学生の時にこっちに来たから」

顔ぐらいは知っていたものの、初めて口を利いた男性に気軽に応えてしまった。彼はそんな気安さを持った男だった。

「そっか。俺は千葉。って言っても房総の田舎町だから、横浜とは同郷と言えないよな」

「そんなこと、ないですよ。横浜と言っても区じゃなく市だから」

ははは。笑った声が喜美江の気持ちを惹きつけた。

廊下で擦れ違うたびに社員食堂で会うたびに、彼は喜美江に笑いかけフレンドリーに話しかけてくる。恋とまではいえないものの、目が合った瞬間ときめきに胸が躍った。

「ご飯、どう。都合を言ってくれたら合わすよ」

いつでも。そう言ったあと、僅かな後悔が走った。軽過ぎるだろうか。瞬時に応えた自分が恥ずかしかった。

「じゃあ今夜。って早急過ぎるかな」

ううん。声が震えた。その場で携帯の番号を交換し仕事が済み次第、という約束になった。

秋の初め、日中の暑さが夜になっても残っていた。

仕事を終え、約束通り職場を出たところにある公園で電話を待った。携帯を握りしめ、何度も髪に手をやりながら。

着信音が鳴った瞬間、分かっていたことなのに胸と手が震えた。発信者を確かめオンのキーを押す。二十歳そこそこだ、そう思いながらこのドキドキは中学生の時以来だと思い直す。

会社の正門を抜け、彼が走ってくる。ワタシも駆け寄った。幸いにも彼岸を過ぎ落陽は早くなっていた。薄っすらとした闇に隠れ手を繋ぎ合う。うぶだ、そんな感情が過った。

「こっちにいると、標準語を使ったら格好をつけているように思われるんじゃないかって考えてしまうよ。かと言って、おかしな関西弁で話すのもな。君もそうだった？」

「ワタシは中学生という微妙な年頃だったから、殆どしゃべらなかった。クラスではかなり浮いた存在だって分かってたけど、苛めの対象になりそうな気がして」

本当はもっとシビアだったが、せっかくの夜を悲惨な日々の話で始めたくなかった。

その日に食べた夜ご飯も交わした生い立ちも、何もかも覚えている。でも確かに聞いたはずの彼の現状、千葉に妻子を置いての単身赴任だという現状。何故そこだけが、洗面台に落ちた髪のように抜けてしまったのか。人は最も知りたくない真実は心の奥底に隠して、蓋を開けてはならない玉手箱のように手も目も触れないようにしてしまう習性があるのかもしれない。

腕枕で眠り、背中に彼の胸がくっついて目覚める朝をどんなに重ねても、彼が既婚者だという事実は拭いようがないのに何故この時間だけは本物だと思い込んでしまうのだろう。

勝ちたい、勝っている。胸の中で絶えず渦巻く嫉妬を彼の妻との独り相撲で勝ち負けを決め、消し去ろうとする。彼の一挙手一投足に神経を尖らせ、自己嫌悪に陥っていく。

今になって思えば、そんなワタシを彼は持て余していたのだろう。恋と呼べるはずだったものが、いつしかそんな甘い繋がりではなく得るための戦いになってしまっていた。

喜美江の住まいに彼が足を運ぶ回数が減り始め、そのための理由づけがなおざりになっていくに連れ疑心と執着が同じ大きさで膨らんでいった。

「そろそろ、こっちに呼ぼうかと思ってる。子どもが中学に上がるからな。転校するには、良い時期かと」

いつかは来る日だと分かっていたような、もう十年にもなるのだから夫婦関係はとうに壊れていると思い込んでいたような、喜美江は頷きも反論もできず足元に包まっていた布団を胸まで押し上げた。

「下はまだ小学校の二年生だし、今なら転校させても大丈夫だと思うんだよ」

いつの間に彼は二人の娘持ちになったのか。知っていたのに、今初めて聞いたような気がした。

これが真実から目を背け続けた結果だ。いやに冷静な判断が頭を巡る。

「それで、それで……。まさか、だよね。別れるなんて、まさかよね」

聞くのも怖く聞かずにおくのも無理で、聞いてしまった。

「いや。そんなつもりじゃなく」

じゃ、どんなつもりなの。喉が詰まって声にはならなかった。

「ただ、これまで通りって訳にはいかなくなるだろうな」

だよね。こんなことでは動じない。そう自分に言い聞かせながらも、歯が鳴りそうなくらいの震えが来た。これからはこれまで以上の嫉妬と、それに伴う詮索が襲いかかる、そう思うとじっとしていられなくなった。

いきなり起き上がった喜美江の肩を、彼は引き戻す。これまでと何ら変わらない濃厚なキスを受けても、身も心も解けてはくれない。喜美江の中で確かな形を成していたものが崩れていく。それが愛なのか出口の見えないこの関係なのか喜美江自身にも分からなかったが、頑強だと思っていた高く厚い壁が崩れていくのだけは察していた。

分かってる。分かっている。なんで行き詰まってしまったのか、分かっている。何度も呟きながら、それでも分かりたくないと思う。

騙された訳でも嘘をつかれた訳でもない。引き上げた布団を頭からすっぽり被ると涙が出た。悲しみではなく悔しさでもなく、色も形もない無言で訴えているような滴が零れた。

布団越しに抱きしめてくる彼の重みを感じながら倦怠感が頭をもたげてくる。一切の考えを拒否するようなけだるさに身を任せていると、このままでいいと思えてくる。

彼を送って外に出ると、どんよりと曇った空に微かな月の光が見えた。角を曲がる彼が振り返って手を振る。同じように振り返しながら、何を犠牲にしても誰を傷つけても成就させると姿の見えない月に誓った。

寝苦しい夜が続いている。

何度も寝返りをし、眠れないのにこのまま朝が来ないことを願う。

連日の寝不足で、当然ながら仕事で凡ミスをしてしまい上司の叱責を買ってしまう。

今夜も夜は更けていくのに、ますます目も頭も冴えてくる。焦りと諦めが喜美江の脳裏を回り出し、比例するかのように足の指が冷たくなってくる。

あの時、思い切っていれば今この時の眠れない夜はなかったのだろうか。終焉の時期を誤ったがために、今この時があるのだろうか。

一週間前に裁判所から届いた封書を思い浮かべるたびに自問自答する。いくら考えても答えは出ないが、封を切った瞬間の驚きと絶望が喜美江を苛む。三百万、それが妥当なのかどうか分からない。もし裁判所に出向かなければ、このまま結審するのだろうか。

何度も弁護士事務所で働く晴子の顔が浮かんだ。そのたびに打ち消しながら、その輪郭はどんどん確かになっていく。

通帳にどれだけの金額があるのか見ずとも承知だ。三桁なんてとんでもなく時として一桁になる月もある。仕事を辞めたところで、派遣では退職金はない。為す術がないとはこのことだろう。

とっとと逃げ出したい。どこかに、ひっそりと身を隠したい。でも身を寄せられる友達も信頼できる相談者もいない現実が、今更ながら思い知らされた。

やっぱり明日、晴子に会いに行こう。恥も外聞も捨て現状を話そう。そこに行き着くと少し眠れそうな気がした。

カーテンを開けると、しらっと夜が明け始めていた。

晴子、助けて——。それが眠るための呪文のように繰り返しながら喜美江は目を閉じた。

11

二月のカレンダーを捲った途端、昨日までの暖冬がどこへ行ったのかと思うような寒さが舞い戻ってきた。


『どうしても聞いて欲しい話があるの。

晴子に合わせるから、都合のいい日時を教えて』

今朝、喜美江からメッセージが届いた。

朝の慌ただしさに返事は返していないが、どことなく切羽詰まった気がした。

「ママァ、悠里もマフラーが欲しい。加奈ちゃんのみたいな、めちゃ可愛いのが欲しいねん」

ここのところ、朝になると決まったように悠里の欲しい欲しい病が勃発する。多分、子どもなりに知恵を働かせているのだろう。忙しさのどさくさに紛れて、うん、と言うのを待っているのだ。無視すればエプロンの裾を引っ張り続け、あかんと言うとわんわん泣き出す。

話を聞いて欲しいのは私の方だ、と思いながら子どもがいるとは言っていないのを思い出した。

外に出ると、雪でも舞ってきそうな空が広がっていた。悠里に手袋をつけさせ、騙し騙し自転車に括りつけ保育園に着くと悠里はマフラーのことなどなかったみたいに、お気に入りの保育士の元に駆けて行く。

その小さな後ろ姿を見ながら、この六年に近い年月の苦労を何も知らず手元に呼び寄せようとしている元婚家の面々に新たな怒りが込み上がる。泣いてはあやし叱っては泣かれ、何度も途方に暮れながら泣きたいのはこっちだと我が子を恨めしく思った気持ちの何が分かると言うのだろう。

重苦しい気持ちを抱えて事務所に入ると、入社して一年にも満たない女子社員が席に腰かけたまま手招きした。体格もいいが態度も大きい彼女は相手に対して威圧感を与える。

「ねえ、この前、若い男性が岸本さんを訪ねてきたよ。名前を聞いても言わへんかったわ。誰なん、あの人」

あの男や――。キーボードを打つ指が震えて、8の数字が羅列した。

「その人、何か言ってました」

「何も言わへんかったから、聞いてるんやけど」

それでなくても不安で詰まっている胸に、彼女は重しを乗せてくる。隣の席に座る同じパート仲間の耳が私に近づいてくるようだ。

「私にも、よく分からないんです。すみません」

またいつもの癖が出た。唇を噛みながら彼女を見ると、さも疑わしいという目線を返してきた。

昼休みのチャイムが鳴っても、胸のざわりとした泡立ちが収まらず何度も入力を間違えた。

「どうしたん、なんかあった」

隣にいたパートが、どうにも箸が進まない私を見て興味津々の顔で聞いてくる。

ここに来て五年あまりになるが、この人ならと思える同僚に会えていない。それは私自身が相手を信用しないからなのか、それとも私が信頼されるに値しないからなのか。

「ねぇ、教えてぇや。もしかして、めちゃ年下のストーカーとか」

ほうら、始まった。これまで何度も彼女の詰問にあってきた。

「なんで離婚したん。ダンナに彼女ができたとか。それともＤＶ？」

彼女に限らず、なんで人は他人の生活を覗き見しようとするのだろう。どう答えれば聞き手は満足するのだろう。聞きたい答えが返ってこそ初めて労りの言葉になるのかもしれない。

「ねぇ、答えてよ。もし困ってるんやったら一緒に考えたら、ええ案が浮かぶかもしれへんよ」

ありがとう、軽く頭を下げながら、人が他人の私生活を見たがるのは、自分の隠れた日常を隠さんが故になのかもしれない。

始業開始のベルが救いになった。

パソコンに売り上げのデータを打ち込みながら、片方の手で喜美江から来たラインを確かめる。

ええよ。その一言で喜美江は安堵するのだろう。でも私には相手の悩みを聞き取れるだけのキャパがない。ましてやそれが恋愛の相談なら私は適任者ではない。

私と元夫は傍目からは恋愛結婚だと見られていた。確かに見合いでも誰かの紹介でもなく、結婚相談所で出会った訳でもない。

でももしもあの出会いが恋愛の始まりであるのなら、恋とはなんて残虐で無残なものかと思う。

　お気に入りのミュージシャンのコンサートの夜。たまたま隣の席だった彼が並んで会場を出たところで私に声をかけてこなければ、私たちはたとえ袖を触れ合っていたとしても単なる他人のままだった。

「すみません。どうやらスマホを落としてしまったようで。もし良かったら今から座席に戻るんで僕の携帯にかけて貰えないですか」

　返した言葉は、はぁ、だった。よく見ると顔だちも身なりも整っていて悪い人には見えない。でもいきなり携帯にかけてくれと言われても、はいとは言えなかった。

「とんでもないお願いだと承知しています。多分、座席の下か隙間に落としたんだと思うんです。携帯が鳴ったら誰かが気づいてくれんじゃないかと思うんです。一人で来ているんで誰にも頼めなくて」

　たとえ気づいたとしてもその誰かが携帯を届けずに持ち去ってしまうかもしれない。

　後ろから来る雑踏が、立ち止まった私たちを迷惑だと言わんばかりに背中を押してくる。

仕方なく列から外れた。

「ここから引き返して座席に戻ったらええんやないですか」

「それがチケットを携帯に挟んであるので、席の番号が分からないんです」

「じゃあ席番を言いますので何かにひかえて下さい」

よくよく見れば私よりも年下なようで、情けなそうに眉を下げる仕草がちょっと同情を引いた。

一緒にコンサートに来た同僚が、行ってあげれば、と背中を叩く。

このあと用があるという彼女は、さっさと列に割り込んで行ってしまった。

結局、流れに逆らって席に戻った。

座っていた座席の辺りに携帯は見つからず、私は自分の携帯を使わざるを得なくなった。

〝電源が切れているか電波の届かない所に……〟のコールが流れる。

「そうだ。会場では電源を切る決まりだから、オフにしてた」

そういえば私も電源をオンにしてから、彼の言う番号を押していた。

誰もいなくなった会場で警備員に声をかけられた。事情を話すと、それなら受付に行くようにと言われた。

じゃあこれで、そう言って帰ろうと思ったがそれでは薄情な気がして彼のあとをついて行った。

受付で訪ねると、トイレに置き忘れてあったという携帯が届いていた。

芯から安堵した彼の顔は、もう三十歳は超えているだろうに未だ高校生のように見える。彼が家族に庇護されて育ってきたのが見て取れた。一人っ子で育った私は、弟とはこんなものだろうかと想像した。

三年足らずの結婚生活であの夜に感じた彼の印象が間違いではなかったと何度も思い知った。

「良かったら食事に付き合って下さい」

コンサートの夜から一か月あまり経って、彼から電話がかかってきた。

期待していた訳ではないが、気持ちのどこかで待っていたのかもしれない。即答しようとするのを、一日だけ考えてからと冷静な自分が引き留める。

大阪の北区にあるホテルのレストランを予約したと聞かされてひるんでしまった。大阪に住んでいるとはいえ、市内からは離れている。土地勘もなければ着ていく洋服も靴もバッグもない。思案の末、断ろうと決めた。理由を考えていると携帯が鳴った。

「市内まで来るのって大変だろうから、家の近くまで迎えに行くよ」

それはそれで家の場所を教えたくない。彼がどんな所で暮らしているのか分からないが、我が家を見たら引くだろう。

黙っていると、じゃあ最寄りの駅まで、と言う。胸の中を見透かされたような気がしたが断り切れず、結局三日後に決まってしまった。

ホテルの地下駐車場から彼のあとをついてエレベーターに乗ってロビーに着いた途端、とんでもない後悔に襲われた。場違い、その言葉は私のためにあるようだ。

髪も美容院で整え洋服も靴もバッグも新調したが、それがどんなに虚しい努力だったか。自分の野暮ったさに身が縮こまる。

一時間前、駅前で真っ赤な車の中から手を振る彼に近づくのが怖かった。それなりにお洒落はしたつもりだったが、これで良かったやろか、その思いに捕らわれて足が前に出ない。でも彼の人懐こい笑顔を見てこわごわ足を運んだ。

でも今、ロビーを行きかう人たちを見ながら、あの笑顔につられた自分を恨む。

行くよ。肩を抱かれても緊張は解けない。帰ると言えないまま、彼の手を振り払えないまま歩いた。

ナイフやフォークが上手く使えるだろうか。グラスを音を立てずにテーブルに置けるだろうか。次々と心配が追いかけてくる。肩を押され足を進めるごとに動悸が高くなる。

目の前に藍染めに白地で店名が書かれた暖簾があった。

「和食の方が好みに合うかなと思って、ここにしたよ」

好みよりもお箸で食べられることに胸を撫で下ろす。

もうオーダーは済ませていたようで、席に座ればほどなくして料理が運ばれてきた。

突き出しから始まってデザートに至るまで、これまで一度も口にしたことのない会席料理に目を見張るばかりで、じっくりと味わう余裕がない。生活レベルの差に打ちのめされていた。

出会いから二か月後にプロポーズされた。

彼の中に気の弱さと依存心の強さを見ていたのに、何故受けたのだろう。何故いとも簡単に、はいと答えたのだろう。

母に、結婚していない娘が家にいると近所に体裁が悪いと言われ続けたからだろうか。それとも七歳の年の差が目を霞ませたのか。

そして半月後に初めて彼の家を訪れた時に受けた屈辱と肩身の狭さ。初めて彼を家に連れてきた時に襲われた羞恥と情けなさ。決して忘れた日はないのに、何故この結婚は無理だと言えなかったのか。

「あらま。これまでに敏哉が連れてきたお相手とは全く違うタイプの人ね」

それが元姑の第一声だった。

元姑の横で彼は一言も発せず私を見るでもなく、ソファに上げた膝を抱えて座っていた。

「へぇ。晴子にしては上出来やね。びっくりやわ」

それが母の最初の言葉だった。

あの時、二人の母親の価値観の違いに気づきながら何故足を踏み出してしまったのだろう。

彼が帰ったあと、母が茶碗を洗う手を止めてまじまじと私を見た。

「結婚は一生のもんや。そら今時はそうやない人もようさんいてるけどな。あかんと思うたら今しかないで」

その言葉の裏に母の後悔と不満が隠れているような気がした。母は母なりに、自分のこれまでの人生を顧みていたのだろう。

でも一度は縦に振った首を戻せなかった。

結婚式で来賓代表の彼の叔父が、じっと私を見ながら言った。

「こんなに聡明で慎み深い伴侶を得て、この先の敏哉の人生はさぞかし満たされた日々になるだろうと確信しました」

祝辞を述べながら叔父の口元に浮かんだ薄笑いを、私は不思議な気持ちで見ていた。

これまで私とは全く縁のなかった招かれた人々は皆が同じ笑いを含んでいるように見える。きらきらと輝くシャンデリアも贅を尽くした料理もすべてが私を見て笑っている。招待した高校時代の友達も会社の同僚も、この格差婚を分不相応だと笑っている。

冷や汗が胸元に流れ、グラスを持つ手が震えた。そんな私の手をテーブルの下で、彼は優しく握っている。

タワーマンションの最上階に住んでいるような彼側の招待客と、地方から出てきて珍し気に高層ビルを見上げているような私側の招待客。

もしもこんな結婚は止めた方がいいと言ってくれる友達がいたなら、私の元に悠里はいなかっただろうがもっと違った日々に身を委ねていただろう。

喜美江からのメッセージアプリを開いた。
たとえ何の役に立てなくても話を聞くくらいならできる。
日時を決めて矢印マークを押した。間髪を入れないくらいで返事が来た。
喜美江と美智。二人から——。

12

カフェの窓ガラスに流れ落ちる雨粒を見ながら、美智はストローの袋を細かく折り畳んでいた。

祖母が倒れてからは母親を残して何処かに行くなんてできなかった。祖母に着替えを取りに行くたびに母親を連れていく美智を見かねて病院が包括支援センターを紹介してくれた。そこで要介護の認定を受けた母親は、デイサービスに行けるようになった。夕方からの訪問介護も、お泊まりができるショートステイも利用できるらしい。でも金額を調べるとそうそうは使えない。

これまで福祉なんて全く興味も関心もなかったが、美智は担当のケアマネジャーに何度も手を合わせた。祖母もまた介護認定を受けられたので医療費が一割負担になったとはいえ――。身は楽になったがサービスは無料ではない。稼がなければならないのは変わらない。

店内の時計が一時五十分をさしている。晴れていたらそろそろライブの準備にかかる時間だ。こんな日は路上ライブができなくて健太はどうしてるんやろ。考えまいとしても、水の中に沈めても沈めても浮き上がる風船のように健太を思ってしまう。

健太からインディーズでのデビューの話を聞いた時、力になりたいと思った。いつか健太が本物のアーティストとしてメジャーデビューするのが、うちの夢やったんやから。うちが描いていた未来は一歩も踏み出さないまま消えた。ただひたすらお金を稼ぐ、そんな日々に健太はもう一度うちに生き甲斐をくれた。うちの人生て何なんや、そんな絶望から抜け出せたのは健太に会えたからだ。

雨脚が強くなってきた窓の外を見ながら、出会った日を思い浮かべる。


あの日は西日ががんがん射していた。電車を降りた途端に襲ってきた強烈な暑さに、美智は日傘を持ってこなかったことを悔やんだ。

掌を陽に向けて早足で歩き出す。目の先に十人ほどの人だかりが見えた。殆どが十代から二十代の女子で何やら歓声を上げている。この暑さの中、ようやるわ。アホちゃう。だるさが一気に体を突き抜ける。嬌声と一緒に耳にちょっと掠れた声が響く。ん？　けっこうええ声してるやん。顔見たろ。人垣を掻き分けて前に進もうとしたら誰かに足をかけられた。必死で踏ん張ったが堪え切れず転んでしまった。大丈夫？　腕を掴まれて顔を上げた。西日でよくは見えなかったが、多分ボーカルだろう。引き起こされ立ち上がると彼は首にかけていたタオルで美智の手と膝を拭いた。

その顔は幼い頃に祖母に読んで貰った昔話に出てくる厨子王や大きくなった一寸法師に似ていた。きりっとした切れ長の目に美智は見入ってしまった。子ども心に憧れたヒーロー。

「大丈夫？　怪我はしてないかな。あっタオル、汗臭くてごめん」

首を横に振るのが精いっぱいだった。そのタオルを掴んで職場に走った。ミニのスカートを履いていたので膝を擦りむいていたが痛みよりも無様に転んだ自分が恥ずかしかった。

次の日。仕事を休んで公園に行った。

夕べ丁寧に手洗いしたタオルと、新しく買ってきたタオルを持って。

切っ掛けなんて些細なものだ。それをどう生かせるか。それが問題なのだ。その時、深夜のネットカフェで働いていると嘘をついた。

「良かったら応援させて。健太君の歌を聴いてると気持ちが揺さぶられて、嫌なことを忘れられるわ」

そう言ったのは本心だ。声もメロディーも美智の中に浸透して仕事の憂さが消えていく。

二時を三分ほど過ぎ、ドアベルが鳴って晴子が入ってきた。畳んだ傘を傘立てに入れながら、晴子は美智を見つけると手を振った。気のせいかどことなく浮かない顔をしている。五分ほどして席に座った喜美江も同じような顔をしていた。

夕べ、決心した事を話せるだろうか。二杯目のコーヒーを頼み、どう切り出したものかと思案にくれる。

お願い喜美江。健太の力になったって。素直にそう言えるだろうか。喜美江と健太を近づけることでうちと健太の距離が離れてしまっても、今や健太のミュージシャンとしての人生を後押しできるのは喜美江しかいない。そう心を決めるまでに節約のためにやめていたビールを二缶開けた。

「ごめん美智。ほんとはね、今日は晴子と二人で話したかったんだ」

喜美江の隣で晴子が、ごめんというように手を合わせた。

意味が分からない。首を傾げた。

「私が喜美江から来たメッセージを喜美江個人にやのうて、グループメッセージに送ってしもてん。美智はどうしてるかな思うてたから」

うちのことを思うてくれるのはありがたいけど、喜美江と晴子、二人だけで会おうとしてたやなんて。いったい何の話があるのか。

ほな帰るわ。立ち上がった美智の手を喜美江が掴んだ。

「ホントごめん。お願いだから怒らないで。いいのよ、いても。コーヒーも頼んだんだし」

喜美江の言い方が何ともムカついて、美智は意地でも居座ってやろうと座り直した。ここで椅子を蹴って背中を向けるのは得策ではない。それに二人だけの秘密事を聞きたい。

ほなそうするわ。腰を降ろした美智を見て、二人は互いに溜息が出そうな顔を向け合う。

「うち、あんまり時間がないから。さっさと話して」

わざと居丈高に言った。

「私も五時には帰りたいから。喜美江から今回のメッセージの訳を説明して」

晴子も私と同じように半捕らわれの身なのだ。その理由は分からないが。

「実は……」

しばらく経って喜美江が口を開いた途端、直ぐ近くに被雷したのだろう。耳の中を駆け抜けるような轟音が店内に響いた。

13

十五分ほど遅れてしまった。

案の定、悠里は園内のホールでふて腐れたように待っていた。年少の時みたいに泣きべそはかかなくなったがその顔に責めが見えて、どこ、行ってたん、何してたん、と一人前に詮索してくる。

日一日と幼児から少女になっていく。その成長は喜ばしいが、この先への不安が比例するように広がっていく。シングルで子育てをしている数は今や決して少なくはないだろう。その中で心配事を抱えて暮らしている家庭も数多いだろう。

今日の喜美江の話で、胸の中で黒い塊となっている元婚家からの訳の分からない呼び出しが一気に膨らみ、二度と城山家には行くまいと思っていた気持ちが大きく揺らいだ。

実は……。喜美江が切り出した話を思い出すたびに、頭を抱え込んでしまう。自分には無関係な恋愛話だとばかり思っていたが、事態はとんでもない難問を私に投げかけた。

隣で寝返りを打つ悠里の足を布団の中に入れながら、どうしようどうしようと胸が奇妙な動悸を打つ。

「晴子は弁護士事務所で働いているんだよね。それでお願いがあるんだけど。誰か男女間の揉めごとに明るい人いないかな」

「それって喜美江自身の話なん」

すかさず美智が口を挟んだ。

「え、ええっと。まあ、何て言うか」

その返答が喜美江に起こっているトラブルだと告げている。

「何なん。まさか不倫相手の奥さんに訴えられたとか」

まさか……。喜美江と私の声が重なった。互いの色合いは違ったが。

「図星やろ。隠したって分かるって。マジで世間には飽きるほど転がってる話やし。不倫は高うつくという典型やな」

美智に言い当てられたのか、喜美江の顔がぼうっと赤くなった。

「こうなったら何もかも話すけど、美智の言う通り不倫だったの。でもワタシは本気だったし、彼も同じ気持ちでいたと思う」

「ああ出たぁ。なんで本気だった、相手もそうだったなんて言い切れるんやろ。アホちゃう」

美智のあまりにも険のある言葉に、喜美江は今度は蒼白になった。それは言い過ぎだと思ったがどう諫めればいいのか分からない。

「まあ、本気か遊びかは別として、慰謝料を払えないんで晴子に相談しよて思たんや」

「そんなこと、別にしないでよ。本当に本気だったたし、いつかはって二人で話してたんだから」

きっしょ、甘いわ。美智は吐き捨てこれ見よがしの溜息をついた。何故美智がここまで意地の悪い言い方をするのか、何故これほどの嫌悪感を持つのか私には理解できない。ただ美智が本気で怒ってることだけは見て取れた。

不意に気づいた。私は美智のように相手に対して声を荒げたことなど一度もない。どんなに悔しくても腹立たしくても、その怒りを諦めにすり替えた。

だからあんな惨めな結婚生活を送る羽目になったのだ。今でも思い出すたびに鳥肌が立つくらいの憤りと恐怖が襲ってくる。

初めてレストランで食事をしたあの日から、束縛と精神のコントロールは始まっていたのだ。

食事のあと、彼は私を美容院に連れていった。まるでラウンジのような雰囲気の中で肩まであった髪がばさばさと切り落とされていく。鏡の前にいるのが自分だと信じられないくらい様変わりして、いかがでしょうか、と聞かれ我に返った。夢を見ているようで返答ができなかった。

「いやぁさすが。顔立ちがいいからショートの方がずっといいよ。思った通りだ」

その後はその高級感に圧倒され店内に入るのを躊躇わせるブティックで、ランジェリーに至るまで着替えさせられた。靴もバッグも、お持ち帰りされますか、と訪ねた店員に彼は、捨てて、とさらりと答えた。

給料の殆どを使って買い揃えた品々が店員の承諾と共にカウンターの隅に放置された。今から思えばとんでもない辱めを受けていたのにあの時はそうは思えず、背中から汗が流れただけだった。

彼はさも満足そうに私を見ていて、私の気持ちなど意にも介していなかった。

箸の上げ下ろし茶碗の持ち方はまだしも、朝食から夕食に至るまですべて彼の采配で私の意見など全く聞き入れて貰えない日が新婚旅行から帰った次の日から始まった。

その新たなる旅立ちになるはずの旅行は、ひたすら奉仕の術を教えられただけだった。

献立は舅と姑の好みが中心で、日々料理本とネットを駆使して頭を抱え込んでいた。

二年近く経って悠里が生まれ五か月にもなると離乳食を始めなければならない。皆が寝静まってから隠れてお粥を炊き、蒸した南瓜や人参をすり鉢でつぶす。夜中に悠里の口にスプーンを運びながら、惨めさが恨みになっていく。

元夫は暴力を振るう訳ではなく暴言を浴びせるでもない。常に静かな口調で命令するのだ。

「洗濯物の畳み方が間違ってるよ。何年経っても実家での習慣が抜けないんだね。育ちが分かるってママが言ってたよ。そうそう、食器の重ね方も違うってよ。いい加減に覚えてくれないと文句を言われるのは僕なんだからね」

教えてもくれずに、ひたすら小言を連ねる。そして元夫は一度として悠里を抱かなかった。そんな父親に子どもが懐くはずがなく、それもまた私への苦言となった。夫は子どもを望んではいなかった。そう思わざるを得ない言動が増えていく。

「もしかして僕の子やない、なんてね。これほど似ていない父親と娘って珍しいよな」

結婚当初に姑が私に見せた何冊ものアルバムには、どんな御曹司やねんと思うような写真が貼ってあった。どう見ても親子でしょとしか言いようがないくらい悠里は父親似だ。

「それに、なんで僕の顔を見たら泣くんだろ。それこそが血が繋がってない証拠だと思うけど」

反論しようにも馬鹿らしくて笑いが出そうだった。同じ話を繰り返されるたびに、はいそうです、なんて言えればどんなに鬱屈が晴れただろう。

夫は我が娘に嫉妬している。これまで自分だけのために尽くすと思っていた相手が、殆どの時間を娘のために費やしている。そう考えれば、すべての辻褄があった。

あの家は私に何を求めていたのか。私を息子の子守り代わりに迎え入れたのか。姑も舅も何もかもに我関せずの顔をしながら、始終私の動向を見張っているように感じられてしょうがなかった。

家を飛び出る瞬間、夫の決して表には出さなかった狂気を見た。家人は皆が知っていた。表向きの優しさの裏側に隠された醜気。それを押さえ込むには絶対に逆らわない人形が必要だったのだ。あの家の異常さに私は落とし込まれた。

たまに顔を揃えたテーブルで皆が無言で黙々と箸を運ぶ。間もなく一歳を迎える悠里に目も向けない。私といる時の悠里は何とも愛らしく、あやすときゃっきゃっと笑う。初孫でないにしても幼児の可愛さを愛でる気持ちが全く見えない。そのため食事中に声を上げげないようにと、一歳児検診で止めるようにと言われていたおしゃぶりを与え続けた。そのせいで、五歳になった今でも悠里は指しゃぶりが取れない。

城山家で暮らした三年ほどの日々で、元夫は私の言葉を一切耳に入れなかった。何を聞いても返事は返ってこず、私がいるのを否定するような完全なる無視だった。命令、それだけが夫の言葉だ。

食費にしても、朝出がけに三千円をテーブルに置いていく。

「レシートと残った金の額が合わなかったら、この先一円も渡さないからな」

そう言い渡されたのは結婚して一週間後だった。外出も食材の買い物以外は許されず、たまに出かける時は元夫と一緒だった。

外に出れば周りの目を気にしてか普通に夫婦だが、家に一歩入れば豹変する様は隙間から吹き抜ける木枯らしのように背筋が凍った。

悲嘆は日に日に憎しみを増幅させる。

悠里と過ごす時間だけが私が生きている意味だった。

あの日――。

「明日、上の姉さん夫婦が来るから夕食の準備をしといてくれ」

いきなり言われたのも気に触ったが、昼過ぎから悠里が熱を出している。夜になって少しは下がったが朝から小児科に連れていこうと思っていた。

「明日は堪忍して下さい。悠里が熱を出してるので買い物は無理だと思います。それに冷蔵庫に余分なストックがないんです」

「夕方六時には来るから。親爺やお袋に恥をかかさないでくれよ」

ドアノブに手をかけた元夫の腕を掴んだ。

「お願いですから話を聞いて下さい」

その瞬間、振り向きざまに夫は私の首を締めた。苦しさに夫の手に爪を立てた。痛さにか夫は首から手を解いた。薄っすらと血が滲んでいる。その血を見た途端、夫は部屋から飛び出した。ほっと息をつく間もなく包丁を持って入ってきた。殺される。寝ていた悠里を布団で包み夫を突き飛ばした。

本棚で頭を打ったのか蹲る夫の横を悠里を抱いて擦り抜けようとしたら、足首を掴まれた。

「おまえまで――。おまえまで俺を馬鹿にするのか」

大声が響き夫は自分の首筋に刃を当てた。

喉が詰まって悲鳴が上げられない。泣き叫ぶ悠里をしっかりと抱き抱え必死で逃げた。そして派出所に飛び込んだ。

今でもあの光景が目に浮かび、眠れない日もある。

あれは夫のポーズだったのか単なる脅しだったのか。

あの頃、夫は家族の期待に答えられなかった重圧に苦しんでいたのかもしれない。それが夫の神経を病ませていたのかもしれない。しかし夫の行状は決して哀れさに姿を変えることなく、憎悪のまま私を蝕んだ。

あの家に再び入る勇気がない。


「晴子。お願い。弁護士さんを紹介してよ。はっきり言うけど、お金がないの」

「弁護士だってお金がいるんやで」

美智の切り込みに喜美江は心底困った顔をして首を横に振った。

「せやけど、喜美江は大手の外資系で働いてるんやろ。二百万や三百万、貯めてるやろ」

ないの……。喜美江の情けない声が耳に残っている。初めて喜美江の弱さを見た。元姑に頼めばどうにかなるかもしれない。短い結婚生活で私はそれまでの友達をなくした。せめて今のこの関係をこのまま続けたい。自分でも思いがけない願いが込み上げた。

「分かった。事務所の人に相談してみるから、ちょっと時間をくれへん」

ああ請け負ってしまった。

喜美江が拝むように手を合わせる。

その所作が目に浮かぶ。

悠里の隣に寝転びながら、自分と喜美江の人生を重ねてみる。

喜美江の切羽詰まった願いによって、私の嘘を暴かれてしまうだろう。天井に浮かんだ染みが、この先の暗雲のように見えた。

14

バッグを放り投げサマージャケットを脱ぎ捨てると、ベッドに飛び込んだ。

何を考える気力もない。とうとう、その言葉だけが頭の中を巡っている。

傘をカフェに忘れてきたので髪が濡れている。出た時はあの大雨が止んでいた。なのに電車に乗るとまた降り出したのだ。駅から走る体力は残っていなかった。

とうとう……、言ってしまった。不倫も派遣も暴露してしまった。胸のつかえが下りたような、今また鉛の固まりを飲んでしまったような複雑な気持ちに捕らわれる。

「結局、喜美江はうちらに嘘をついてたんやよな。それで困った時は晴子頼みなんや」

美智が突きつけるように放った言葉は堪えたが、頼る相手が晴子しかいない現実が惨めさに追い打ちをかける。

テーブルの上に置いた花が枯れかけていた。このまま水を変えなければ間違いなく萎れて、かさかさのドライフラワーになっていく。ワタシもまた年を重ねるごとに、この花のような日々が待っているだけだろうか。

世の中にはシングルのまま年老いていく女もいっぱいいる。不倫で闇に放り出されたような窮地に立たされる女も。そんな女たちは寂しさや生き辛さをどう乗り越えて人生を終えるのだろう。それとも引きずったままこの世を去るのだろうか。

時計が二十一時を報せる。ビールの空き缶が足元に三缶転がっている。ここしばらく主食と呼べる物を口にしていない。日に日に減っていく体重計を見ながら、こんなに痩せた姿を見れば彼は哀れだと思ってくれるだろうかと考える。

同情……、そんな感情で愛を繋ぎ止められるはずがない。そう思いながらも今の喜美江は哀れみが欲しかった。誰でもいい、味方だよと言ってくれる相手が欲しい。

それにしても美智のあの敵対心は何なのか。次々と毒針を飛ばしてくる。思い浮かべてみれば会った時から美智はそうだった。ライバル意識ではないにせよ、いつもワタシを敵のように見ていたような気がする。

負けるもんか。不意に湧き上がった感情に自分で戸惑いながら喜美江は拳を握った。こんな所でのたれ死にのような死に方をすれば笑い者になる。孤独死、そんな言葉で新聞の片隅に載るなんて我慢できない。そんなみっともない終わり方をすれば家族は弔うことすらしないかもしれない。

そして彼の妻に死によって勝ちを渡してしまうのは、何よりも耐えられない。

まだ方法はある。喜美江は気合いを入れ跳ね起きると米を研いだ。何日何週間振りかと思いながら掌に力を込めた。今は嘱託となったかつての上司が言った〝食は源〟。生きていくためには必要不可欠だ。

花の水を替え明々と電気を点けた。こんな暗闇はもうたくさんだ。まだ四十歳過ぎ。あと四十年五十年、生きていく時間がある。そう思った途端、あと何十年もこの生活を繰り返すのか、と思うとまたもや気分が沈んだ。

五日後に待ちかねていた返事が晴子から届いた。

『遅くなってごめんね
弁護士さん、明後日の午後からなら時間が取れるんやって
喜美江の都合はどう』

明後日は出勤日だ。迷ったあげく明日シフトの交代を頼もうと決めた。

『いいよ。何時にどこに行けばいい？』

待ち合わせた駅前に喜美江は五分早く着いた。結局シフトは変わって貰えず欠勤扱いになったが、一刻も早く抱え込んでいる難題を前に進めたかった。

改札口の前で晴子は何を見るともなく、ぼんやりと立っていた。

声をかけると、待ち合わせていたのに驚いたような顔を向けた。

「無理を言ってごめんね。でも晴子がいてくれて本当に助かったわ」

ううん。晴子は首を振る。

「それが、うちの事務所は今は手すきの人がいないねん。だから知り合いの人に頼んでん」

不倫の慰謝料問題に詳しい人なら誰だっていい。心配なのは費用だ。

「その弁護士さん、安く請け負ってくれたらいいんだけど」

多分……、大丈夫。歯切れの悪い言い方が不安だったが贅沢言ってられない。

電車を乗り継いで着いた事務所は瀟洒な建物の中にあった。

しばらく待たされた。座り心地のいいソファ、大振りの花瓶に生けられた豪華な花、マイセンのカップ、幾人ものスーツ姿の弁護士がパソコンに向かっている。セレブだけを依頼人としているという雰囲気が部屋中に漂っていた。

晴子は同席せず別の部屋で待ってると言った。

「お待たせしました」

現れたのはすっきりと背筋を伸ばした、いかにもできそうな女性だった。

「よろしくお願い致します」

喜美江は気後れしそうな気持ちを奮い立たせて立ち上がり、精いっぱいの営業スマイルを見せ持ってきた訴状を手渡した。

「どうぞ、おかけになって。お話はあらかた晴子さんから聞いてます。緊張しないで。弁護士は依頼者の味方ですから」

何と優雅な、何と品のある女性なんだろう。晴子が何故この人と知り合いなのか。いったい晴子はこれまでどんな人生を送ってきたのか。

「一応、我が事務所が担当させて頂くということで了解はして貰っているんですよね」

はい……。穏やかな口調だが躊躇う隙を与えない強さがあった。

「費用のことなら心配しなくて大丈夫ですよ。あなたの場合は法テラスを使えるでしょうから」

法テラス？　初めて聞く言葉だったがここで聞き返すと無知だと思われそうで黙っ

て頷いた。帰ったらネットで調べなければ。

法テラスっていうのはね――。

ああ~読まれてる。

法テラスとは、そこで弁護士費用を立て替えてくれて依頼人は月々五千円を分割で返していくというシステムになっているようだ。

「ところで、この話はお相手はご存じかしら」

「いえ。何も話していません。言っておいた方が良かったですか」

「そうねぇ。お相手は今後あなたとの関係をどんな方向に持っていきたいと思われてるのかにもよりますね」

どんな方向もこんな方向も、彼は妻子が大阪に越してきてからは殆ど連絡をしてこない。社内で会っても言葉を交わすどころか目線すら合わさない。でもそれは、二人の関係は絶対に知られてはならないシークレットだからだと思ってきた。どっちも本気だった。そう言うと美智は嘲笑ったけれど、間違いなく私たちは幸せだったし互いを大事に思っていた。大事だからこそ、そんなよそよそしさにも耐えてきた。事情が変わっただけでずっと共に生きたいと願っていた。

「はっきりと申し上げますが、お別れになられた方がいいかと思います。その方が慰謝料の件に関して得策だと」

「別れた方が安くなるということですね」

「このまま続けられたら三百万円という提示から、よくいっても二百万くらいになるかと思いますので」

彼の妻が受けた精神的な苦痛に対する謝罪が二百万という額に換算される。それが尤もな金額なのかどうかは分からない。たとえそれが半分以下になったとしても別れを選べるだろうか。

「お相手の弁護士さんのお名前を拝見しましたが、こういった案件にはかなり厳しい女性の方だと聞いています。そこを踏まえて気持ちを決められることをお勧めします」

味方じゃない。彼女は敵だ。いや、心の苦悩より金銭的な苦痛を和らげようとしてくれている味方だ。敵じゃない。二つの感情に埋もれながら穏やかに笑みを浮かべる弁護士の顔を見ていた。

透明のガラス張りの部屋を出ると、晴子がソファに腰掛けて待っていた。随分と疲れた顔をしていて、晴子もまた人には言えない鬱屈を抱え込んでいるのかと思う。

「じゃあ、またこちらからご連絡を致しますので。晴子さん。あなたに用があるから。あとで部屋まで来て下さいね」

あとから出てきた弁護士が喜美江に頭を下げ晴子を手招きした。

表に出るとまだ陽は高く蒸した風が髪を揺らした。

服装も持ち物も髪型も周りに笑われないよう気遣ってきた。真っ直ぐに背筋を伸ばす、そう自分に言い聞かせてきた。抜け目なくそつなく暮らしてきた。まさか恋愛事で躓くなんて思いもしなかった。

雲が広がり始めた空を見上げながら、この先この空のような翳りが覆う気がして喜美江は嫌だと叫ぶように首を振った。

部屋に戻るとまだ慣れ切っていない香りがした。以前はすっきり感のある爽やかなミント系を好んでいたのに、最近になってリラックスできるようムスクに変えた。

おかえりと言ってくれる人のいない一人の部屋。テレビドラマのシーンのようなありふれた感傷を嫌っていた。家族なんて疎なもんじゃない。兄の子も姉の子も随分と大きくなっただろう。誕生日を祝わずお年玉をあげもせず、もう顔すら覚えていない。

煩いよりも孤を選んだワタシは間違ってはいない。

あの弁護士に呼ばれた晴子は何を抱えているのだろう。両親と大きな家に住み、離婚しているとはいえ一度は結婚しているのだ。

美智は華やかな世界に身を置き、母親と祖母の女ばかりの三人暮らしだと言っていた。

二人とも出迎えてくれる人がいる。羨んではいない。ワタシは一人の生活を謳歌している。

昨日の残りの総菜を冷蔵庫から出し買ってきたお握りをビール片手に頬張ると、やっぱり彼との結婚を望んでいたのだという思いが込み上げ不覚にも涙が零れた。

あんな薄情な身勝手な男と蹴り飛ばせない不甲斐なさと未練に、飲み込んだビールは苦味だけが残った。

15

進くんとうちの肌の間には万札が挟まっている。

丹念にシャワーを浴びながら、あと何回この時間を過ごせば願いが達せられるのかと考える。

「ねぇ、うちとデートせえへん」

一週間前、サービスタイムが済み見送りの時に声をかけた。言ってからも、まだしっかりと決心が固まっている訳ではないと思う。それでも指が勝手に進くんの手を掴んでいた。

えっ、ええ〜。進くんは細い目をなお細めて、えっを繰り返す。

「今日は早番やから、七時には出られると思うねん。真っ直ぐに行った角に古臭い茶店があるから、そこで待ってて」

半信半疑の顔をしている進くんを送り出して身支度をした。

祖母が母の世話をしてくれている時は、ずっと遅番で入っていた。その方が時給がいいからだ。祖母は退院しても歩けず、ケアマネージャーの尽力のおかげで介護施設に入所できた。母を朝九時から十九時までデイサービスに行かせているが、深夜の帰宅は無理になった。たまに夜の訪問介護を頼む時もあるが、再三という訳にはいかない。

早朝といっても十時から十八時までの八時間勤務でOLのような勤務体制だ。時間が長い割には客数が少ないせいで実入りは減った。酷使やん、そう呟きながら肩先まで切った髪を梳いた。髪が長いと乾かすのに手間がかかり、そんな僅かな時間さえ惜しいのだ。

十八時半に店を出た。待ち合わせには早いがあの殺風景な辛気臭さに身を置いて、今一度考えたかった。

ドアを開けると進くんは既に来ていて、真新しいシャツに着替えて待っていた。こんな薄暗がりでも頬が赤らんでいるのが分かる。

「早う来てくれてたんや」

コーヒーを頼み声をかけると照れたような笑い顔を見せた。

この方が良かったんや。考える時間なんてない方が良かった。

「ここ、めちゃ不愛想やろ。せやけどコーヒーは美味しいで」

進くんに顔を近づけ耳元で囁いた。進くんの顔がいっそう赤くなる。

「びっくりしたわ。まさか瑠華ちゃんから誘って貰えるやなんて思うてもなかったからな。もう飛び上がりたいくらい嬉しかったわ」

うちはうちで地の底に沈むくらいの決心がいったんやけどな。

ふふって笑いながら、進くんのためにコーヒーのおかわりを頼んだ。

「はっきり言うけど、これまでいっぺんも女の子から誘うてもろたことないねん。それが、こんな奇麗な娘とお茶して一緒に町を歩けるやなんて夢の中で夢見てるみたいやわ」

いやぁ町を歩くのはちょっと堪忍してや。

「うちは売れっ子やないけど、それでもうちみたいな仕事をしてる女と一緒に歩くのて、進くんは恥ずかしないのん」

「そんなん言うたらあかんわ。どこが恥ずかしいねん。自分をそんなふうに言うたらあかん」

進くんの優しさに触れながらも、やっぱり健太を思ってしまう。うちはうちの一番大事な人に自分の仕事を隠してる。それは健太に嫌われるのが何より怖いからだ。うちと健太は恋人同士やない。うちが勝手に恋焦がれているだけで、健太にとっては追っかけの一人に過ぎないのだ。いつも自分にええように思い込んでるだけなんや。

健太とうち、進くんとうち。考えてみれば同じ形の繋がりなのかもしれない。うちは間違いなく進くんを利用している。健太がうちに求めているのは音楽を続けていくためのカンパだろう。そしてその健太のためにうちは進くんを誘った。阿漕《あこぎ》だと言われようがあざとかろうが、喜美江に頼れなくなった今はそれしか方法がない。もしも喜美江が健太を応援しようという気持ちを持っていたら、その奥に下心があったとしても健太をメジャーにするためには喜美江を健太に近づけるのが一番の得策だと考えていた。

「不倫相手の奥さんに慰謝料を請求された。でもお金がない」

喜美江の告白に、そんなアホな、と叫びたくなった。あんたは一流会社の社員で高級取りで、優雅なシングルを楽しんでたんやないいん。喜美江のこれまでの嘘に腹立たしさが沸騰した。うちはお祖母ちゃんと母親の介護サービスのためにお金がいって、健太に何もしてあげられへんのや。喜美江にとっては理不尽な怒りを美智は言葉に目いっぱいの棘を含んで喜美江に突き刺した。

「どないしたん。さっきからえらい神妙な顔してるで」

「ごめん、ごめん。母親が朝から夕方までデイサービスに行ってるんやけど。どないしてるかなって心配になって」

「そうなんや。瑠華ちゃんもいろいろと大変なんやな。ボクにできることやったら何でもするよって。遠慮のう言うてや」

「ありがと。一つだけ聞いてもええかな」

ええよ。声のトーンが上がる。

「進くんはどんな仕事してるの」

「う〜ん。簡単に言うたらビルの電気設備のメンテナンスや。商業施設とか学校とか、たまに役所もあるわ」

進くんは肉体労働者だと思っていたが、その割には色白だ。施設内の仕事だから陽に焼けていないはずだ。

「おとんが資格は邪魔にも荷物にもならへんから取っとけて煩うて。それで取った電気工事士の免許が役に立ってるわ」

「手堅い仕事してるんや。大したもんやな」

進くんは照れたのか、お絞りで顔中を拭った。

もしも進くんに嘘でも好きやと言うたら、うちはこのしんどさから抜け出せるんやろか。あかん。弱気な風が吹き出した。どうもここに来たらいらんことを思うてしまう。

「金いるんやろ。なんぼ用意したらええ？」

いきなりのジャブにどう返せばいいのか分からず、テーブルに置いた進くんの手を握った。

まだ陽が高いうちに家に帰るのも、そろそろ慣れてきた。

玄関を開けると介護士が、待ってましたとばかりに腰を上げる。今日は夜までの訪問介護を頼んでおいたのだ。ここから母との格闘が始まる。認知症は怖い病気だと事あるごとに思わされる。

母親は目が覚めればそれが深夜であろうが常に朝だと思うようで、おはようを連発しながら起こしに来る。初めは言い聞かせて布団に入れていたが、最近はうろうろと歩き回る姿を目の端で捕らえながら黙殺している。

それは夜ごと日ごとで、寝不足になると言っても五分後には忘れている。ストレスが蓄積して、つい声を荒げてしまう。ケアマネージャーからは、怒ることがますます症状を悪化させると言われてはいるのだが。母親にとっては昨日と今日は繋がっておらず、五分前と今は別時間だ。

スリッパがないと言って外履きの靴で家中を歩き回り、あげくに靴のまま美智のスリッパを引っかけている。

美智が中学生の頃、父と母が大喧嘩をしたことがあった。原因は覚えていないが母親が荷物をまとめて出て行くと言い出した。

「そんなに何もかも自分の思い通りにしようと思うんやったら好きにしたらええわ。その代わり一生あんたの面倒は見ぃへんからな」

必死で引き留めた父に母が言い放った。父は母に面倒をかけるどころか呆気なくこの世を去った。早く死ぬ方が得だとは思わないが、今の母のこの姿を見ずに済んだだけ父は幸運なのかもしれない。

もしも進くんと共に暮らしたら、進くんはこの現状をうちと一緒に頑張ってくれるだろうか。夕飯を食べたばかりの母が冷蔵庫を漁っている様を見ながら、願望と打算が攪拌されていく。


肌を重ねるごとに馴染んでいく、そう思っていたがそうはいかなかった。拒絶反応とまではいかないが、体が固まってしまうのだ。

進くんの隣に寝転ぶと、いつも決まって初体験を思い出す。

高校時代、美智は始業式で見初めた彼を思い続けていた。卒業式の日に彼から告白された時は嬉しくて、校内中に響き渡るくらいの声で叫びたかった。速攻で頷いた。

その頃の美智は将来への夢を断たれ高校を卒業後の進路は、幾つかのかけ持ちのバイトだが、腐らず投げやりにならずにいられたのは彼がいたからだと今でも思っている。

「今夜、家に誰もいないから来えへんか」

付き合いだして半年後の彼からの誘いに、西日を真正面から浴び自転車を走らせた。首筋から胸元に汗が流れ息が上がる。初恋の相手と結ばれる、そのドキドキ感に転びそうになりながらペダルを漕いだ。

エアコンの効いた部屋で彼が出してくれたレモンソーダを飲み、かつての同級生の話で盛り上がった。

「お腹、空いてへん？　母さんが作っていったカレーがあるから一緒に食べよよ」

「ううん。大丈夫」

お腹どころか胸までいっぱいだ。うちとは違って、彼はきちんとした家庭で真っ当な生活を送っているのだ。そこそこの私大に入り、日々を楽しんで暮らしている。アニメのビデオを見たり、彼が撮った写真を見たりしていると、もったいないくらいの速さで時間が過ぎていった。

不意に訪れた沈黙に体が熱を持っていく。

彼の手が肩に置かれ引き寄せられた。閉じた瞼に唇が落ちてくる。初めてのキスは少し塩の味がした。

あの時も、うちらは上手くいかへんかった。窓の外が夜の色に染まっていくのを見ながら、必死で彼の背中を抱いていた。汗か涙か分からない雫が枕を濡らしていく。明け方にやっと繋がった時には二人とも疲れ切っていて、言葉を交わす気力が残っていなかった。

あのあと、うちは風俗に行くと決めたんや。彼から連絡が来ることもなく、うちから電話をかけることもなく、たくさんの時間が流れた。

進くんのごつんとした指が乳房に触れる。感じている振りの声を出すが、あまりにもわざとらしくそんな自分に白けてしまう。

ええで。かまへんで。無理せんとき。耳に伝わる声は甘い。

進くんにとってこの行為は恋なのだ。そんなうぶな気持ちをうちは利用してるんや。肉を削ぎ落とし骨だけになった気がした。身も心も頑なになっていく。

家に帰ると弟が来ていた。祖母が入院して以来会っていなかった希望の星も、普通の父親顔になっている。

母はぺたんと座り、弟が持ってきたのだろうシュークリームを、手をクリームだらけにしながら食べていた。

おかえり。久しぶりに聞く言葉だ。いつも介護士は、お疲れ様という言葉で美智を迎えた。

「介護士さんは帰ったん」

「つい今さっき帰ったわ。なあ、おかんていつもこんな調子なん。俺が来ても分かってないんか誰って顔してた」

「うん、まあ。仕事が休みの日に一日中一緒にいてたら、情けのうなる時があるわ」

母の口元と手を濡れタオルで拭くと、子どもみたいに嫌やと首を振った。

「今年の四月から上が高校生になってん。私学てほんまに金かかるんやな。学費以外にもいろいろいるよって」

せやな。意図が分からず曖昧に答えた。警戒心が強まっていく。

「それでな、いろいろ考えたんやけど。嫁さんとも相談して、おかんを引き取ろうかて言うてるねん」

顔を拭う手に力が入り、母に手を振り払われた。

「俺、姉ちゃんに学校へ行かして貰うたやろ。あの時は当たり前みたいに思うてたけど、姉ちゃんはめちゃ大変やったやろうな。今になって姉ちゃんの苦労がよう分かるねん。嫁さんも姉ちゃんに恩返ししなあかんて言うてる」

あかん。そんなん言うたらあかん。

「遅いわ。もっと早う気ぃついてや」

声が掠れた。

「その代わり……」

その代わり？　またもや警戒のブザーが鳴る。

「その代わり、たまには祖母ちゃんのとこへ行ったってな」

あんたはやっぱりキラキラ星や。

弟が帰り母の入浴に付き添いながら、たとえ弟のところに行ったとしても遅かれ早かれ母は施設に入るだろうと思う。

こんな古家を売ってもただ同然だろうが、工場があった分敷地面積はそれなりにはある。土地を売ったお金と僅かばかりの父の遺族年金を弟に渡そう。店に来る客に不動産会社の社長がいる。明日、彼の会社を訪ねよう。それで身元がバレたとしてもそれはそれだ。

痩せた背中を擦ると母は心地よさそうに目を閉じた。

16

透明ガラスに囲まれた金魚鉢のような部屋で元姑を待っていた。

「お待たせしました。お元気そうで何よりだわ」

背中からかかった声に緊張が一気に強まる。

「できればこんな場所じゃなくて、悠里ちゃんも一緒に家で会いたかったんですけどね」

元姑の話は気候から始まって、悠里が生まれた時に移っていく。早く用件を、そう言い出せない自分に腹が立つ。

「そうそう。先ほどの橋口喜美江さんの件だけど。向こうは興信所を使って写真まで撮ってるからかなり難しいけど、お相手側にも非はあるでしょうからそこを突いていこうかと思ってるの。これ、守秘義務に反するけど晴子さんは身内だから、って本当はそれも駄目なんだけどね」

はあ……、身内ですか。その写真を見せられた。弁解の仕様がないくらいはっきりと二人が喜美江のマンションに入っていく姿が写っていた。私でさえ詰めが甘いと思うくらいだ。

「まあその話はいいとして。晴子さん。あなた悠里ちゃんを連れて帰ってくる気ない？」

私と元夫の離婚時、この人はいとも簡単に了承した。家裁に持ち込まれて家内の状況が外部に知れるのを怖れたからだろうと思っている。城山家にとって元夫は恥部だ。

それを今更――。返答する気にもならない。

「実はね。敏哉、交通事故に遭ったの。幸い命は助かったんだけど足がね。足が効かなくなってしまって」

同情を引こうとしているのか本心なのか、元姑は悲しげに声を弱めた。

「あの子、本当に不運よね。やる事なす事が上手くいかなくて。でもあの子が悪いんじゃなくて、ついていないのよね」

エアコンが効き過ぎて腕が冷えてくる。思考が追いつかない。

「それで、どういった理由で私に戻れと仰るんですか」

離婚届に判を押す段階ですべての条件が決まっていた。養育費として月三万。慰謝料は双方に問題があったとして三十万だった。口止め料のつもりだろう。

双方という言い方が意に介せず金額の少なさに愕然としたが、これで別れられるという気持ちが断然強かった。もしもあの時に味方になってくれる弁護士を頼めれば、私と悠里の生活はもう少しは楽だったかもしれない。

「ここでは何だから。良かったら今から家に来ない？　悠里ちゃんは保育園？」

言いながら元姑は車を出すよう、内線で指示した。


へこへことついてきた自分をほんまにアホやと思いながら、見慣れた居間のソファに座っていた。

「ママ。お腹空いた。ここでご飯を食べるん」

子どもなりに空気を読んでいるのか小声で聞いてくる。

「ごめんな。もうちょっと待ってな」

「もう早う帰りたい。今日は『ファンキー・ガール』、絶対に見やなあかんねん」

部屋中を見渡しながら悠里が口を尖らす。

お待たせしました。入ってきた元姑はラフな部屋着に着替えていた。手にはお子様ランチのようなプレートを持っている。

「悠里ちゃん。ごめんなさいね。お腹が空いたでしょ。いっぱい食べてね。お気に召せばいいんだけど」

パステルカラーの中皿に盛られた料理に、悠里は目をぱちくりさせている。

「もう直ぐパパも来るからみんなで一緒にお夕飯を食べましょうね」

パパ？　聞き返す悠里に、そうよパパよ、元姑は優しく答える。

「あのう……。今更パパと言われてもこの子が混乱するので」

「どうして。今まで会わずにいただけでれっきとした親子でしょ」

離婚の際、子どもを父親に会わせない、それが私が出したたった一つの条件だった。

「一生会わせないって書面で交わした訳ではないんだし。それにこの先、ここに住むことになるかもしれないでしょ」

口先では、かもしれないと言ってるがそれはもう決定事項のように聞こえた。

次々と料理が運ばれてくる。

「もうお父さんも帰ってくるから。四人、いえ五人でお夕飯を食べるなんて夢のようだわ」

私にとっては悪夢だ。そう思いながらも悠里の手前席を立つ訳にはいかない。奥歯を噛んで堪えた。

ノックの音がし、車いすに乗った男が入ってきた。

「久しぶり。まさかこんな格好を見せるなんて夢にも思わなかったよ」

顔立ちは変わってはいないのに、その風体に瞬間的には元夫だと気づかなかった。髪が伸びかなり痩せていた。ロングのバスローブのような服を着て足元を隠している。こめかみから耳元にかけて捩《よじ》れたような傷があった。

刃を自らの首に当てたあの夜の恐怖が蘇る。あの時は本気なのか脅しなのか、考えている余裕なんてなかった。

「お父さんも帰ってきたから、そろそろ頂きましょう。悠里ちゃんも晴子さんも遠慮しないでいっぱい食べてね。ここはあなたたちの家なんだから」

悠里は不思議そうに眉を寄せて私を見た。

家政婦を雇ったのか初老の女性が給仕をしてくれる。悠里は可愛いうさぎが描かれたエプロンをつけさせられた。

前菜とスープから始まり、サラダに肉と魚。一般庶民はクリスマスでもこれほどの料理はなかなか口に入らない。

でも喉も胸も疑心で詰まり、飲み込むという作業に苦労した。

「あら晴子さん。どうしたの。あまりお箸が進んでいないようだけど」

「しょうがないよ、母さん。急に呼び出されていきなり食べましょなんて無理だって。いいよ。ゆっくりでいいからね」

初めて会った時の口調そのものだ。この人たちは、どこまで気持ちを弄べば気が済むのか。箸を折り椅子を倒して立ち上がり、悠里の手を掴んでこの場から立ち去りたい。

悠里もこの雰囲気に飲まれているのだろう。好物のハンバーグもミニグラタンも残している。やっとデザートが運ばれ宴は終焉に近づいた。真向かいに車いすごと座った元夫は確実に酒量が増えていた。

「こんなこと悠里ちゃんの前で言うのも何だから。ちょっとの間だけ家政婦さんに遊んで貰おうと思ってるんだけど。いいでしょ」

「いいえ、人見知りするんで。ここでけっこうですから話をして下さい」

ベビーチェアーに座らされた悠里の腕を掴んだ。こんなとこで離されては何が起こるか分からない。

そう。元姑は不服そうな顔をしたが、それ以上は言い張らなかった。

「御覧の通り、敏哉は片足を失くしたの。その時に神経も切れてしまって、もう子どもは望めないとお医者様が仰ったから、この家の跡取りは悠里ちゃん一人なの」

それでここに私たち親子を連れ戻そうというのか。そんな勝手な道理が通ると本気で考えているこの家の異常さを、今また見せつられた。

「すみません。そういうお話ならお断りします。私も悠里も普通に暮らしてますので。もう関わりたくないんです」

「そう。でもわたくしはあなたの友達を助けて欲しいという願いを聞き入れましたよね。何なら弁護士費用を頂かなくてもいいとさえ思ってるんですよ」

何という理不尽な交換条件を押し付けてくるのか。こんな話はどんな天秤にかけてもその重さの違いを測れはしないだろう。

「それとこれとは——。とにかく私たちのことは放っておいて下さい」

「じゃあ親権争いの裁判でもする？　あなたはわたくしの仕事をお忘れではないですよね」

悔しさに煮え湯を飲んだような熱さが体中を駆け巡った。

「とにかく今日は帰らせて下さい。悠里も眠そうですし、明日も仕事がありますから」

「そうね。ゆっくりと考えられたらいいわ。でも選択肢は一つしかないと思いますよ」

元舅も元夫もグラスを手にしたまま、口元に不穏な笑いを浮かべている。

車で送らせると言うのを断って悠里を抱きかかえ外に出た。

あの日は雪がちらついていた。上着も持たず裸足で飛び出たが冷たさも寒さも感じなかった。今日は夜になっても気温は下がらず、蒸した路上の熱気に煽られながら駅に急いだ。車輪のない自転車を漕いでいるようで、必死で走ってもなかなか辿り着かない。

やっと乗った電車の窓に私と悠里の顔が写っている。やっぱり父親と似ている。どんなに否定したくても血は繋がっている。暗澹とした気分に襲われながら改札を擦り抜けた。


玄関戸を開けると見慣れない男物の靴があった。

「男の人、来てるわ」

お気に入りのテレビアニメを見られなくて仏頂面をしていた悠里がいっそう顔を顰《しか》める。

居間に入ると、きちんとスーツを着たまだ若い男性が背を向けて座っていた。

振り向いた男の顔を見た途端、声を上げた。自転車のハンドルを掴んだ男だ。

「もうどこへ行ってたんや。だいぶ長いこと待って貰うてるんやで」

男の前に置かれた湯飲みが空になっている。

「いきなり訪ねまして申し訳ありません。弁護士の井原と申します」

差し出された名刺に所属する法律事務所と名前が書かれてあった。

「あのう、ご用件は何でしょうか」

「まあまあ挨拶もせんと。悠里をお風呂に入れてくるから着替え出したって」

珍しい母の機転に頭が下がった。

母と悠里が風呂場に消え、父は隣の部屋に移った。

「いつぞやは失礼しました。突然のことで驚かれたでしょう。すみません」

彼のことをしばらくは気になっていたが、そのうちに忘れてしまっていた。

「実は今日伺ったのは城山家のことなんです」

その名を聞くだけで吐き気に見舞われる。

「あっ勘違いしないで下さい。ぼくは城山家の回し者ではないですから。半年ほど前にある女性、といいましてもぼくの姉ですが、その姉からいろいろ聞いて、あなたのことを調べさせて貰ったんです」

城山家から寄こされた弁護士じゃないと聞いてほっとしたが、肝心の要件を聞くまでは安心できない。

井原氏の湯飲みにお茶を足そうと急須を持つと、すっかり冷めていた。

「何かあったのですか。少し顔色が悪いように見受けられるんですが」

「実は今日……。いえその前に、あのう信用していない訳ではないんですが。何というかそのう……」

「当然ですよね。先ずはこちらの情報を申し上げるのが先ですよね。貴女の元のご主人の事故ですが。あれは事故ではなく敏哉氏の自殺未遂です」

自殺――。そう言われて寒気と共に恐怖が込み上げた。

「車には姉も一緒に乗ってたんです。姉は敏哉氏と結婚を前提に付き合っていたのですが、彼の親依存の性格や過多な束縛やあまりに自分本位の考え方に嫌気がさして別れようと言っていたんです。それをどうにも聞き入れて貰えなかったようです」

彼のお姉さんは私と違って賢明な人なんだ。そう思うと彼を信頼しようという気持ちになった。

「お風呂上がったから。悠里を寝かしてくるわ」

母のあとをついてきた悠里は不服そうな顔をしていたが、お休みと言って二階に上がっていく。井原弁護士もお休みと言って手を振った。

「あの時、姉は妊娠していたんです。それでも別れて欲しいと言い続けていたんです。そしたら彼はアクセルをいっぱいまで踏んで車をガードレールにぶつけた。そしてそのまま崖下に転落したんです」

血の気が引くとはこういうことだろう。一旦は引いた血が頭に上りその血が体中を駆け巡る。

「幸い樹木が茂っていたのと、炎上しなかったのとで二人とも助かったんですけどね。彼は右足を失い姉は流産しました」

自分を否定する者を元夫は絶対に許さない。私の場合は私と悠里の目の前で自傷しようとしたが、今回は結婚しようとした相手までも巻き添えにした。

「でも城山家はそんなことは一切なかったかのように単なる事故で済ませている。姉への保障もない。これはれっきとした殺人ですよ。姉は生きているけどお腹の子どもは死んだんです。姉は恐怖から今でも怯え切っていて、些細な物音にも震えています。それでぼくが告訴しようと言ったんです」

許せない。かつてここまで人を憎んだり恨んだりしたことがあっただろうか。私の中の憎悪の火は燻り続けてはいたが炎を上げて燃え上がるまでの熱量がなかったのだ。

「実は今日、元の姑に呼ばれて城山家に行ったんです。そこで悠里と一緒にここに帰れと言われました。母親と子どもを引き離すのは酷だからと」

井原弁護士は、さもありなんと言いながら、うんうんと頷いた。

「戻ることに応じなければ裁判をして悠里をこの家に取り返すと」

「そういう家なんですよ。親も子も異常だ」

ようやく味方だと思える人に出会えた。やっと口元が緩んだ。

「一つだけ言っておきます。相手側の要求を決して受け入れない、それだけです。向こうは跡取り欲しさに執拗にコンタクトを取ってくると思われますが何を言ってきても完全無視して下さい」

この弁護士は何もかも周知している。その心強さにもう何年も忘れていた安堵という気持ちを思い出した。

「一緒に戦いましょう。ぼくはまだ若輩で頼りないと思いますが事務所の先生も皆が応援してくれていますので」

両親と共に深く頭を下げて彼を送り出し、二階に上がった。

悠里。その頬に触れた。生身の温かさが掌に伝わる。

悠里。ママ生きてて良かった。揺り起こして伝えたい衝動を堪えて布団をかけ直した。

17

『明後日の日曜日　もし時間があったら
駅前の公園に来て
健太の最後の舞台やねん』

二人にアプリでメッセージを送った途端、堪らない寂しさに襲われて美智はクッションに顔を押し付けた。

『親爺が亡くなったんだ
それで家業の和菓子屋を継ぐことにしたんだ
美智　いっぱいありがとう
美智といるといつも明るい気持ちになったよ
またいつか会える日を願ってる』

健太から届いたメッセージアプリを二回と読み直す気になれず、携帯を足元に転がせたままだ。

ゲットアローン。そんな歌詞が浮かぶ。でも確かそのあとにトゥゲザーって言葉がついていた。今のうちにはアローンだけで充分や。

デビューが決まったと美智に告げた時に健太が見せた憂いは、父親を案じてだったのだ。てっきり金銭の問題なのだと思い込んで、喜美江を健太に近づけようとしていた自分を笑いたくなってくる。ましてや進くんまで巻き込んで。

うちは健太の何を見て何を分かってたんやろ。

美智に向けられたたくさんの笑顔やご飯のあとですまなさそうに伏せた目や、歌っている時の真剣な顔が美智の周りを駆け巡る。

うちはとても健太に見合う相手やないけど、分かってたけどほんのちょっとは夢を見てた。せやけど、それはめちゃええ夢やった。

クッションから顔を上げると、取れたつけ睫毛が落ちていた。とうとう素顔を健太に見せへんかった。

これで良かったんやという気持ちと、もう会えへんという辛さが混ざり合う。

携帯が鳴った。喜美江と晴子からのオッケーメールだ。ありがとうの絵文字を送信した。

もう夏も終わりに近いのに季節はいっこうに進まず、聞こえる蝉の声も疲れ気味だ。

「これで終わりなんやから、しっかり推し活したってや」

「なんで。なんで終わりなの。そんなの寂し過ぎるよ。ワタシ、まだまだ応援したかったのに」

健太から届いたメッセージアプリを美智は喜美江と私に見せた。一瞬の絶句。

嘘。嘘やろ。声がリンクする。

やっぱり寂しい。喜美江が呟く。

「それで美智はどうするの。このままでいいの？　一緒に行く気はないの？」

「そんなん無理やって。健太はちゃんとした家の跡取りやで。そこへうちみたいのがついていったら大迷惑や」

飲み干したアイスコーヒーは氷が溶け切っていて、苦さも甘さも抜けていた。

公園には既にファンが駆けつけていた。

健太はギターの調整をしていて、その姿にも歓声が上がっている。
ラストステージ、最初の曲が始まった。
「健太！　ありがとう。また帰ってきてな」
周りの女子は汗なのか涙なのかタオルで顔を拭っている。
「みんな、今日までホントにありがと。みんなの支えがあったから、これまでやって
これました。もう感謝しかないです」
健太〜。健太！　泣いて叫んで共に歌って、皆が一体となって健太のラストステー
ジを盛り上げる。
「僕は思い半ばで一旦この場を去るけど、夢を捨てた訳じゃないです。実家で仕事を
しながらどこかの道端で歌ってると思います」

♪遥か遠い空の果てに
いつかがあるんだ
いつかまた　そのために
ボクは歌い続ける

「最後にこの曲をＭに捧げます。感謝を込めて」

健太は足元にギターを置いて、深く頭を下げた。

声を張り上げて泣いた。ボロボロと涙が零れ地面に落ちていく。何気に振り向くと、中年の男が健太を凝視していた。

「進くん、来てくれたんや」

誰。喜美江と晴子が聞いてくる。

「進くん。店でのうちの一番の友達やねん」

ふと手元を見るとナイフを持っていた。晴子がその手を見て声をあげた。咄嗟に喜美江が美智の背中を押す。前につんのめったが向きを変えた。そして美智は進くんの手を掴んだ。

「こいつか――、こいつが瑠華ちゃんを騙して金を巻き上げようとしてたんか」

声が震えている。

「あかん。進くんはこんなことしたらあかん」

進くんの手のナイフを叩き落とした。

小さな音がして、リンゴもまともに剥けないようなナイフが路面に落ちた。

皆が佳境だ。誰一人気づいてはいない。

美智は進くんの腕に自分の腕を絡ませた。

「ありがと。うちのためにやな。せやけど、進くんの人生に傷をつけたらあかん」

「ボク、何べんかここで瑠華ちゃんを見かけてん。瑠華ちゃんはこいつのためにて思うたら悔しいて。腹が立って」

最後の曲が終わって観客が健太に駆け寄っていく。美智は動こうとせず直立不動で立っていた。

「行かんでええんか。あの歌、瑠華ちゃんのために歌うてくれたんやろ」

進くんに背中を押された。

「ええねん。ここで静か～に見送るねん」

涙と鼻水を進くんの腕に擦りつけた。

18

「もう、こんな暑いのええ加減に堪忍して欲しいわ」

美智が電動の小型扇風機の風を顔に当てながら、アイスティーを飲み干した。

「それでそれで、喜美江の慰謝料の話どうなったん。それと彼とは別れたん」

「そんな、いきなり言われても。物事には順序ってものがあるでしょ」

喜美江の一件は、結局依頼していた城山弁護士を断って井原弁護士の先輩にお願いすることになった。

今や喜美江は井原氏を信頼し切っていて、パートナーのように接している。

「いいよね彼。見かけは爽やかだし、何より真摯に話を聞いてくれるの」

「て言っても担当者はベテランのおばさんなんやろ。ほんまに喜美江は惚れっぽいな」

外は鉄板で焼かれるような暑さだが、店内は程よくエアコンが効いている。

「二人にはいろいろと心配かけてごめんね。おかげで払う金額は八十万になったわ。分割払いにして貰ったしね。弁護士費用は法テラスが適用になったたし」

「せやけど、それって相手の男の懐は痛まへんのやろ。そんなん不公平やし、自分はええ目だけしてめちゃずっこいわ。ムカつくぅ」

「もういいの。もう過去になったんだから。もれなく借金は残ったけどね」

喜美江は苦い薬を飲むように言った。

井原弁護士の元に共に行くたびに、喜美江の顔に寂しさが広がっていくのを私は見ていた。

井原弁護士と担当の弁護士が喜美江の相手に会ってきたらしい。

「こんな若輩者が言うのもと思うんですが。人生は長いです。女性の平均年齢は年々高くなってます。たとえば九十歳まで生きるとして、これまでの年月はその内のほんの僅かに過ぎないです。これからの喜美江さんの未来のために、手を貸せたらと思っています」

美智が言うように、相手はどんな痛手を被ったのだろうと思う。たとえ家庭内での精神的な苦痛があったとしても、喜美江が負った深い傷に比べれば至って軽傷だ。できれば何らかのペナルティをと願うが、喜美江自身はそんなことは望んでいないようだ。

喜美江が何度も言った本気という言葉が身にしみる。

「今度の事でワタシ、けっこう落ち込んでもう立ち上がれないって思ってたけど。でも本当にちょっと寄り道しただけかもね。おかげで自分が何を望んでたか、本当に欲しかったのは何だったのかに気がついた。ついでに自分を買い被っていたことにもね。ほんまアホやったわ」

「なんで関西弁なん。せやけど喜美江がそんなん言うたらあかん。今やから言うけど喜美江はうちの憧れやったんや。いつもシャキとしててカッコ良うて。ああ、歯が浮いて飛んでいきそうや」

美智の言葉に喜美江はコップを倒した。テーブルに広がる水を見ながら、零れたものは二度とは戻らないのだと改めて知った。

「もひとつ言うとくわ。喜美江は愛されてたとか、一緒に将来を考えてたとか、そんな幻に縋りついてただけやねん。そんなもん、さっさと道頓堀川に捨ててしまい」

「そうかもしれない。美智、ありがとうね。それと、晴子にはいっぱい迷惑かけてしまってごめんね。お礼を言わないと」

「そんな。私は何もしてへんよ。それより法律事務所にいてるて嘘ついたの謝らな」

「ワタシも正社員だとか分譲だとか。それに不倫だったし。嘘の固まりだった」

私もまた大嘘つきだ。見栄から始まった嘘。喜美江も私も現実を離れて、しばしの夢に酔いたかったのかもしれない。

「うち、うちな。不感症やねん。せやから風俗ていう商売が向いてると思うてるねん」

えっ。ええ〜。今なんて――。

「そんな大きい声を出さんといてや。皆が見るやろ」

美智はしらっとした顔で、ケーキセットを三つ頼んだ。

「奢るわ。たまにはな。モデル事務所やなんて真っ赤な嘘。それにお祖母ちゃんは老人ホーム、母親は認知症で今は弟のとこにいてる。家が売れたらそのお金を弟に渡して、うちは住所不定になるねん」

カミングアウトにもほどがある。私と喜美江なんて可愛いもんや、かな。

運ばれてきたケーキは真っ白なクリームの上に色とりどりのフルーツが飾られていて、これまでの虚飾の世界そのもののような気がした。

「私は……。私は小さい建て売りに両親と住んでて、五歳の悠里という娘がいてるねん。スーパーで事務仕事してて、親子三人で豪邸暮らしやなんて夢でも見られへん暮らしやわ」

「そっか。晴子には子どもがいるんだ。何か羨ましい」

「うちは子どもは苦手やけど、晴子の娘やったら会いたいわ。子どもがいるってどんなんやろ。うちには想像でけへん。でも楽しいんやろな」

そんなええもんやないんやで。言いそうになったが、二人の羨ましいをもうちょっと聞いていたかった。

「ねえ美智。家がなくなるんだったら、うちに来ない？　家賃も半分ずつにして。お互いメリットがあると思うよ」

嫌や。美智は即座に首を振った。

「なんぼほんまの姿を見せて仲良うなっても、べったりは堪忍や。つかず離れずが長持ちの秘訣やからな」

美智の言う通りかもしれない。四十も超えた大人がベタベタとくっついていたら、それはそれで窮屈な気持ちになるだろう。

「さあ、そろそろ腰を上げやんと保育園のお迎えに間に合わへん」

こう言えるまでに費やした時間は、無駄ではなかったのかもしれない。

「だからいつも時間を気にしてんや。何かあるなとは思うてたけど」

「そういえば、晴子の離婚の理由、聞いてなかったよね。良かったら聞いてあげるよ」

「ほんまに上から目線やな、喜美江は。誰にでも知られとうないことってあるやろ」

言いたくないとか内緒にしたいとか、そうではないがあの婚家での生活を口にする勇気がまだないのだ。悪夢で目覚める夜が来なくなれば、その時は少しは笑って話せるかもしれない。

喜美江と美智と、悠里と私がピクニックに行ったりする様を想像する。いつかはそんな日が叶うような気がした。

悠里を保育園に迎えに行って家に帰り着くと、父と母が浮かない顔で向き合っていた。

どうしたん。聞いても何も答えず母がお茶を啜る音、父が新聞を捲る音、聞こえるのはそれだけだ。

「二人とも、いろいろ心配してるんやろ。堪忍な」

悠里は帰るなりリモコンを操作してお気に入りのテレビ番組を選び、一緒に主題歌を歌っている。ところどころで音程が外れるが、それも愛嬌だ。

「城山の家な。悠里を連れて帰ってこいて言うてるねん。せやから井原さんにお願いして裁判するて決めてたん」

母が不安げな顔で、悠里においでと手招きした。

「無理が通れば道理がひっこむ。そんなんに負けたらあかん。おまえのこれまでの苦労を何やと思うてるんや、あの連中は」

「うん。私もそう思うてる。私はこの家を出ていく気なんてあらへん。ずっとここにいて、お父さんとお母さんの老後の面倒を見やなあかんからな」

両親が顔を見合わせる。気のせいか二人の頭が下がったように見えた。

あれから半年。裁判はまだ係争中だ。結審するまでは寝辛い夜が続くだろう。

久しぶりに三人で集まった。

「晴れてしがらみなしのシングルマザーになったら、再婚を考えたらええねん」

とんでもない。結婚はこりごりだ。この先、誰かを愛せる自信もない。私は一度も本気の恋をしていない。

「せや。マッチングアプリやってみたらええんやわ。バツ一なんて普通にいてるで。バツ三なんてのもありやで」

普通にいてるかもしれないが、まだ心の傷はかさぶたになってはいない。

「喜美江も婚活したら。せやけどプロフィールにはシングルに限るって書いとかなあかんで」

「それより美智はどうなの。進くんとの結婚はありなの？」

睨んだ目つきの奥に、何が隠されているのだろう。

ふふふ～ん。美智は左手を右手で隠して私たちに向けた。もしや薬指に結婚指輪、と身構えたが綺麗なネイルアートを見せたかったのだ。

「それな。うち、ずっと美容師とかネイルデザイナーとかに憧れててん。進くん、頑張って働いて美容学校に行かせてくれてる。ええて言うても聞かへん。店に通うことを思うたら安いもんやって。せやけど結婚はないで。うちの純情は健太に捧げたから。これからは自分の夢のために頑張るねん」

それ言う？　進くんの純愛が哀れだ。

「相変わらず阿漕だね。でも美智にしてはいい男を見つけたもんだ」

「ほんまに大事にせんと。この人のためならって思ってくれる人って、なかなか見つかれへんよ」

「ほんま、せやね。うち、風俗辞めてん。今はネットカフェで働いてる。稼ぎは少ないけど生活が楽になったんで。それとうち、進くんには一銭ももらってないねん。誤解せんといてな」

そうなんだ。そうなんや。

美智がどんな職業に就いていようが喜美江も私も厭《いと》わない。でも身を削って欲しくはない。

「ねえ、提案があるんだけど。互いの誕生日にどこかで豪勢なお祝いしない。悠里ちゃんも一緒に。この年になると誰かに祝って貰うってないじゃない」

「賛成やけど豪勢はちょっと。なんせ薄給のシングルマザーなんで」

「ええやない、一年に三回くらい、あっ悠里ちゃんを入れたら四回くらい贅沢しても。何なら進くんを呼んでご馳走して貰うとか」

「ホント、男を手なずけるのに長けてるねぇ美智は。ダメよ。どこまでも我一人という気合いを持って生きなければ。でないと寂しさに負けてお金を払う羽目になるんだから」

「はい尤もです」

「それで、車を買う予定ってあるん」

喜美江と私は揃って首を横に振る。

「やよね。そんな余裕ないよな、お互いに。揃いも揃って見栄っ張りなんやから」

はは。ははは。もう笑うしかない。

「でも、嘘や見栄て幸せな気持ちにはさせてくれへんよな。後悔とか自己嫌悪ばかりで」

ほんと。その通りや。二人の言葉が重なった。

夏至を過ぎた陽は、ゆっくりと暮れていく。

この先のことなど誰にも何も分からない。明日の風がどう吹くのかすら分からない。たとえ嵐に揉まれるような日になったとしても、突き抜けていくしかないのだ。

「今日も夕立が来るんやろか。最近は夕立なんて優しいもんやのうて豪雨やよな」

あの日。あの大雨がなかったら私たちはこうしていなかった。

まだまだ途上だ。それぞれが胸の内に抱え込んだ過去は消せないが、それでも前を向くしかない。

外に出ると、空を覆っている雲の隙間から朱色の陽が僅かに覗いていた。

終わり

〈著者紹介〉
今中浩恵（いまなか　ひろえ）
1955年大阪生まれ。
大阪府立花園高等学校卒業。奈良県在住。
第13回香・大賞銀賞。
2021年3月3日『月のいろ』を出版。
2021年11月10日『風の外』を出版。

誘雷《ゆうらい》

2024年3月14日　第1刷発行

著　者　　今中浩恵
発行人　　久保田貴幸

発行元　　株式会社 幻冬舎メディアコンサルティング
〒151-0051　東京都渋谷区千駄ヶ谷4-9-7
電話　03-5411-6440（編集）

発売元　　株式会社 幻冬舎
〒151-0051　東京都渋谷区千駄ヶ谷4-9-7
電話　03-5411-6222（営業）

印刷・製本　中央精版印刷株式会社
装　丁　　立石愛

検印廃止

ISBN 978-4-344-69038-7 C0093
幻冬舎メディアコンサルティングＨＰ
https://www.gentosha-mc.com/